东山纪事

姚文昌 著

吉林文史出版社

图书在版编目（CIP）数据

东山纪事 / 姚文昌著. -- 长春：吉林文史出版社，2022. 7

ISBN 978-7-5472-8575-6

Ⅰ. ①东… Ⅱ. ①姚… Ⅲ. ①散文集-中国-当代 Ⅳ. ①I267

中国版本图书馆 CIP 数据核字（2022）第 113922 号

东山纪事

DONGSHAN JISHI

著者/姚文昌

责任编辑/钟杉

封面设计/力扬文化

印装/成都兴怡包装装潢有限公司

开本/880mm×1230mm　1/32

字数/221 千字

印张/8. 875

版次/2022 年 7 月第 1 版　2022 年 7 月第 1 次印刷

出版发行/吉林文史出版社（长春市净月区福祉大路 5788 号　龙腾国际大厦 A 座）

www. jlws. com. cn

书号/ISBN 978-7-5472-8575-6

定价/48. 00 元

目录

滴滴乡事

古镇小弄 002
校园老井 004
老教室 007
门口小溪 009
夏　夜 012
雨中即景 014
小镇春色 016
露天电影 018
山村舞会 021
酸　橘 024
看电视 028
布鞋往事 030
电灯纪事 034
生死恋 037

父子俩 039
小六的爱情 041
夜　赠 068

丝丝乡恋

小摊贩 074
引娣儿 077
卖橘女 079
苦　枣 083
后　娘 086
老　婆 090
老剃头匠 092
老来小 095
分　梨 097
小木匠 101
痴情女 104
英语老师 115
夏副教导 119
张校长 125
未来妈妈 128
老校长 130
大爹扎扫帚 135
爷　爷 138
手　杖 140
祖　母 142

裙　子　144
母亲做鞋　146

缕缕人情

老　张　150
小青村长　152
红总外婆　157
袁政委　161
紫曦队长　165
肖双副　169
平湖一枝梅　172
阿　金　176
阿　万　180
贞姐姐　186
能干人马　189
老板娘　192
许老师　195
外甥女　199
长长阿伯　202
妻家阿娘　205
苗琴阿姑　208
外　公　211
新手表　213
祖母“娘娘”　216

点点人生

五号车上 220
他　她 223
名　片 226
种　树 228
“争　钱” 231
婚　难 233
月　夜 235
酷爱看书 237
走出自我 239
为难女友 241
做家务 243
戒　烟 245
夜自修 246
撞　车 250
志愿者 254
在城里种地 258
人到中年 262
往事难忘 266

后　记 270

滴滴乡事

古镇小弄

第一次来到梁弄，我惊奇地发现，这镇上的小弄真多，而且几乎条条相通。

记得那次去镇中学报到，因无人带路，我独自在小弄内东拐西弯，居然一下子找到了学校。又有一次，有人告诉我去煤球厂有一条近路可走，我试着不按原路走，没承想转来转去，最后还是转到了老地方。

我注意起了小弄，这种小弄北京人管它叫胡同，路面有鹅卵石铺成的、有水泥浇筑的，也有兼而有之的。宽的能容得下一辆拖拉机，窄的只能两人并排行走，“前不见头，后望不到尾”，因为即使是不到一百米的小弄，也要拐上五六个弯，且弄里有弄，弄内又有弄，弯弯曲曲、曲曲弯弯，你数也数不清。

据传，梁弄有九十九条弄，只有一条不通。“梁弄”原名“梁冯”，后因城镇发展，居住集中，里弄纵横，遂谐音为“梁弄”。

在梁弄镇上，多数人家一出门就是弄，宽些的，自行车一推就能走，窄一些的，车要试着转个弯才行，人来车往，井然有序。偶尔有人、车相撞，撞者会连声说“对不起”，被撞者也一笑了之。或许是因为人们早已习惯于这种蜿蜒曲折的“生活轨迹”了吧。有时候弄里有卸货的拖拉机堵着，人们不会像城里交通受阻那样，只得眼巴巴地傻等，而是掉头转入另一条弄，反正弄多得是，大不了多绕点儿路。

晚上的小弄更有一番情趣。晚饭后，躺在童车里的婴儿由爷爷推着，步履蹒跚的小孩儿拉着奶奶的衣襟，更大点儿的小孩儿玩儿起了皮球，酒足饭饱的大人们也陆续走出了家门。这时，小贩们会不失时机地在小弄开阔处摆上水果摊儿或者台球桌，再从屋檐上伸出竿头，吊上一盏电灯。人们聚集在这里，有文雅的谈吐，有粗鲁的俗语，打几局台球，聊一会儿天，小弄热热闹闹，人们自由自在。

小弄深处宁静的地方，是情侣们的好去处，一对对、一双双，手牵着手，手挽着手，喃喃细语间从弄的这头走到弄的那头，调皮的灯光把一对人影一会儿拖得很长很长，一会儿缩得很短很短。要是在下雨天，那小伞里面更是一片幸福温馨的小天地。

剪不断的小雨，说不够的情话，古镇上那一条条幽幽的小弄哟……

（1991年8月28日）

校园老井

前几天，和同学一起去探访我们曾经就读的横岙初中，发现那里现在只剩下了校食堂后面的老井旧址。感慨唏嘘之余，勾起了我对这口老井悠悠往事的回忆——关于那井中的水、井边的人，以及围着井台闲庭信步的小鸡们……

小时候我肠胃不好，无论去哪里，一喝生水就拉肚子，必须喝烧煮过的开水。读小学时，家里为了不让我喝生水，每次上学都让我带上一壶开水。后来，我上了横岙初中，人大消耗也大，一壶水已经不够我喝了，可我仍不敢喝生水，渴了只能忍着，看着其他同学跑到校食堂后面的井边去喝水。有一次，实在忍不住了，我也像同学那样在井边喝了一大口井水，过后就忘了。等到第二天上学口渴，又想喝水的时候，我才想起昨天喝了学校井里的生水，可一天一夜过去了竟没事。于是，我大着胆子索性喝了个痛快，第二天照样神奇地平安无事。试了几次，我发现，喝别处的生水，我会拉肚子；喝学校井里的生水，却不拉肚子。看来学校老井里的水养人啊。

其实，学校所在地本来是一大片溪滩，水源充沛旺盛，井水清澈甜冽，夏天清凉，冬天暖和，喝一口水神清心怡，洗一把脸清爽解乏。那井边长年放有一根底端带有钩子、钩子往上七八厘米处凿有一个小洞的长竹竿。当人们用吊桶打水的时候就用钩子钩住，伸进井里。不过，我们这些学生跑累了喝水，一般不需要吊桶什么的，直接将长竿伸进井里，往竿洞里灌满水，然后提起、拿出井口横倒在地，就着竹竿洞口喝水解渴。

用吊桶打水，只有在师生们洗衣、淘米、打扫卫生的时候，烧饭大妈阿仙会从柜子里把吊桶拿出来。水桶之所以要由她保管，怕的是被调皮的学生弄坏。仙大妈还有一个简易的打水工具，是她自己做的。她将一只不能用了的篮球剪去破损部分，剩下没破的在边上打三个孔，用塑料绳穿起来。打水时，只要一手拉住吊绳一端，一手托起篮球底，口朝下砸进水面，一拉一提就轻轻松松将水打上来了。

老井里的水取之不尽、用之不竭地无私奉献着，滋养着我们这些还未成年的年轻生命。

食堂里的阿仙大妈，是附近村里的一位中年妇女，标致，亲和，热情善良，大家开玩笑故意把她叫成“鲜大妈”，延伸出“歧义”，取外号叫她“鲜带鱼”。她把离家的学生当成自家孩子一样看待，常常和我们笑笑骂骂、打打闹闹，学生们都不怕她。有时有人上学迟到来不及蒸饭，吃午饭时就偷偷先把她的饭盒拿出来吃了。“鲜大妈”发现后，也不去告诉老师和家长，最多围着井台追上小孩儿，给小孩儿吃上两个“手指栗子”。

“鲜大妈”养有七八只小鸡，鸡笼设在屋檐下、井台边。这里有得天独厚的饲养条件：鸡们渴了，可以喝人们打水时泛出在地上的井水；饿了，可以啄人们在井台边儿淘米时掉在地上的米粒儿；再不济，就在井边烂泥地上找虫子、啄青草吃。“鲜大妈”喂食小鸡，多数时候用井水和上糠、菜叶，搅拌均匀。每当喂食、使唤小鸡们的时候，她有一个“绝招”，利用条件反射原理，大声鼓掌拍手，小鸡们便从四面八方赶过来，争先恐后地抢食。

有寄宿生使坏，趁“鲜大妈”不在，“空手套白狼”，也鼓掌拍手使唤小鸡，等到小鸡们兴高采烈地赶来，不仅不喂食东西，还抬起脚拿“飞毛腿”轰赶它们，几次上演“狼来了狼又没来”的把戏，惹得鸡们大为郁闷，以后不论是谁，包括“鲜大妈”，即使鼓足了掌拍红了手，小鸡们理都不理，该干啥还是在干啥！

“鲜大妈”起先不明就里，等到有人“告密”才恍然大悟，她抓住一领头儿的小子要往校长室里拖，直到他“大妈长大妈短”地求饶，并赌咒发誓保证监督其他人也不干了，“鲜大妈”才在众人的嘻嘻哈哈中放开手。可那小子一边跑远，一边“鲜带鱼”“鲜带鱼”地叫着，“鲜大妈”无可奈何地露出她那好看的银白色镶牙，咧嘴笑骂几句“小鬼头”。

以后几天，“鲜大妈”把小鸡们集中在井台边进行“整顿”：一边鼓掌拍手，一边在鸡们面前抛撒食物。几次三番，“功夫不负有心人”“千年的铁树会开花”，那些鸡们终于又乖乖地听起了使唤。从此往后，只要她再次鼓掌拍手，那些鸡们又会急匆匆兴冲冲围拢来了。当然，再也没人会捣蛋，去对小鸡们使坏啦。

（2021 年 7 月 4 日）

老教室

我常常想起村小那间破旧不堪的教室。那是我接受启蒙教育的第一个地方，它是由一座七八十年前建造的众家祠堂改建而成的。

不必说那由两块铺板拼成的简陋黑板，上面只是用黑漆涂了一遍，老师上课写的粉笔字课后用擦子一擦，粉尘会弄得满教室纷纷扬扬；不必说那从各家各户带来上课的桌椅，人稍一动弹，就会奏起吱吱呀呀的“学习进行曲”；也不必说那高低不平的黄土地面，课间只要人稍一折腾，黄土灰尘就会腾空而起，一整天下来，课桌上会落满厚厚的一层灰尘。

单说那房子因年久失修，屋顶千疮百孔。天晴的时候，从上面孔里透进来一束束阳光，形成许多“探照灯”。由于教室里只有一个大窗口，因此里面的光线很弱，同学们利用屋顶射进来的阳光，将字或画描在一块块小玻璃片上，让光线透过玻璃，像放电影似的在桌面白纸上投下字迹或小人画。这变成了同学们课间休息的主要活动，也给我们带来了莫大的乐趣。

一到下雨天，雨水就从屋顶的孔里漏进来，后面的同学不得不相互挤在一把伞下面听课，而前面的同学则不顾雨水淋湿衣服，也不愿撑起伞让后面的同学看不到黑板。每当这时，老师也总毫不在意地站在黑板前，即使雨水滴在了身上，也还是专心致志地讲课，偶尔用毛巾擦一下头发，一丝不苟地直到上完课。

我的第一个班主任是万老师，他总是耐心教育我们这些孩子，怎样讲礼貌、讲卫生，做一个好孩子。记得，我第一次撒了谎，不知怎么让万老师知道了。我怀着忐忑不安的心情坐在教室里，可是万老师却意外地给我们讲起了那个古老的故事。他说，一天一个孩子去放羊，他故意高呼“狼来了”，引得人们跑去打狼，而他却哈哈大笑。后来狼真的来了，当他再喊时，人们以为他又在撒谎，结果那个孩子因撒谎而被狼吃了。万老师说话的语气是沉重的，他那古铜色的脸上还泛着激动的红光。当时，我的脸“刷”地一下就红了。下课后，我就向老师承认了错误，而万老师亲切地说：“做错了事，改正了就好。”

也是在这个破烂的教室里，我们同学之间互相帮助、互相爱护。一次，一位同学上课时发现橡皮丢了，另外一位同学立刻慷慨地送去自己唯一的一块橡皮。我们会坐在一起叽叽喳喳地议论昨晚电影中哪个是好人、哪个是坏人，有时争论起来甚至争得面红耳赤，争不过的还哭了起来。这时，班主任老师来了，他亲切地告诉大家什么是好人、什么是坏人，要做好人又该怎么样。他在我们幼小的心灵里播下了真善美的种子。

每当想起这些，我总是回味无穷，从小学到中学再到高中，虽然现在的教室窗明几净，但我总忘不了那间陈旧的教室，因为在那里，我们第一次共同感受到了生活在集体中的温暖，第一次感受到了在艰苦环境中学习的乐趣，也第一次受到了真善美的教育。

（1985 年 2 月）

门口小溪

离开老家东山都这么多年了，我却常常想起家乡门口的那条小溪，想起自己童年时关于她的点点滴滴。

那是一条弯弯曲曲的溪流，自南向北缓缓穿村而过。小时候，我总觉得她好大好大，大到怕她会淹死人，长大后才明白她仅仅是一条小溪，一条深水处甚至浮不起皮划艇的小溪而已。但我一直在心里暗暗做比，如果说黄河是我们中华民族的母亲河的话，那么这条小溪应该就是我们村祖祖辈辈的“母亲溪”吧。

真的，家乡的小溪一年四季源源不断、生生不息地灌溉着四周的田野山川，溪水取之不尽、用之不竭，滋润着周围村庄的生命，她虽然不像一望无际的大海那样波澜壮阔，不像水平如镜的西湖那样美丽迷人，却依然拥有自己的风姿、别样的风采。

不说小溪两边绵延百里的苍翠山峦、青青翠竹，也不说青山脚下一望无际的金黄稻穗、油绿庄稼；不说沿溪错落有致的村舍房屋、纵横交错的林荫小道，也不说溪边高低不一的平台石坎、挺拔参差的柳树杨树楝树；不说村里张嘴“汪汪”嚎叫的大黄狗、引颈“喔喔”高歌的大公鸡，也不说溪里自由自在嬉戏追逐的鸭们鹅们、无声无息穿梭徜徉的鱼儿虾米……单说那一条日夜川流不息的小溪就有无限乐趣。

冬天的时候，溪水厚厚的、沉沉的，像磁石一样，有时会结薄冰，孤单的鹭鸶鸟便停在冰边僵硬的石头上，在凛冽的寒风中等待时机，随时准备抓捕来破冰处探头透气的小鱼。

春天的时候，上游化冻的溪水蓝汪汪、绿油油地汩汩畅流下来，在暖洋洋的阳光下，清澈得即使是在水中摇曳的一棵水草，都能让人毫不费力地数出它白嫩嫩的细根数目；即使是躲在最深处的一块小石头，都能让人轻而易举地分辨出它规则不一的棱角。

秋天的时候，正是稻黄蟹肥之时，随便去翻开哪一块大石头，便会遇见一窝大大小小的螃蟹，倘若直接用手去抓，它们便会张牙舞爪地前来“迎战”，如果偶尔不小心让它钳住，我们就会痛得哇哇直叫。

当然，最有意思的还是在夏天，小溪流成了孩子们的乐园，只要过了午后，几个脱得光溜溜的小孩儿就开始在水里尽情玩耍，有在浅滩学游泳的，有相互打水仗的，有从稻田里胡乱抓上几把烂泥，涂满全身，再向水潭深处跳水的，还有在溪水中做“拉黄包车”游戏的——两个人面对面拉住对方的手，一人用双脚夹住对方的腰胯，另一人在水中快速后退，在水面上留下一道车轮般的痕迹。

傍晚时分，男人们在劳作一天之后，也会过来跳进溪里，一边谈笑风生，一边让清凉的溪水洗去疲劳；下游的妇女们在溪边洗衣服，棒槌声此起彼落，偶尔还发出阵阵笑骂声。那笑声、戏水声传遍了整条小溪，与潺潺的流水声一起构成美妙的乐章，使人陶醉不已。

夏季的溪流经常要发大水，大水过后源头水库里的鱼会随水泛溢出来，下游四明湖大水库里的鱼也会因水位上涨而往上游来找食物。这时候，胆大的人们便会去溪道里放竹帘子抓鱼。他们在溪流缓慢、溪道狭窄处用大石头筑上一道堤坝，中间留个一米多的缺口，放上低低的挡板，在挡板下面铺上用麻绳编织好的竹帘子。这样，溪水流经挡板似小瀑布般倾泻到竹帘上，再从竹帘泄漏下去，当鱼儿随水流经竹帘的时候，水泄出去了，鱼儿便被“过滤”在竹帘子上了。

这时，早已等候在溪边的竹帘主人会欣喜若狂地涉水过去，扑捉正在竹帘上活蹦乱跳的鱼儿，被捉到的鱼什么类型都有，不过以小胖头居多。鱼多的时候，旁观的人们也会争先恐后跑过去帮忙，见者有份儿，众人一起分享，整个场面热闹非凡，其乐无穷。有时候鱼儿大，捉不住，让它们跑脱了，大家会连连惋惜叹息。

家乡的小溪，不仅是无私奉献滋养我们的地方，也是热情开怀拥抱我们的伙伴。这条小溪上，曾经留下了我的欢声笑语，也留下了我的童年幻想。这条小溪伴随着我度过了天真烂漫的 15 个春秋，洗去了我的乳臭，也洗去了我的稚嫩。虽然离开她已经多年，但我还是常常想起她，想起小时候在她身边发生的许许多多趣事、乐事。

（2020 年 12 月 27 日）

夏 夜

初夏之夜，顶着一头满天星斗，披一肩霓虹灯光，我姗姗来到街上散步。此时，从古镇的上街走到下街，真是：微风拂面，衣袂轻举，步履从容，悠哉悠哉。

街边的小贩们比以前文明了许多，看到有人走近，就移过蓄电池灯笑脸相问："师傅，水果要伐（吗）？"你可以摇头笑而不答。眼下西瓜正上市，站在一边看人家买瓜，拍拍捧捧看看弹弹听听问问称称，算是把老中医看病的本事"望闻问切"都用上了。

旁边的小吃摊儿也很馋人，你可以索性要一瓶啤酒，叫上两碟小菜，尝一尝野食风味。这很适宜于工薪阶层的"口味"，既有小家子的实惠，也有点儿"小侃"的派头，可不要使你的脾胃"超载"噢。

按理说，饭后一杯茶是很必要的，于是舜龙茶庄也顺乎这种生活规律而"招摇过市"了。踱进去要一杯清茶，听几首曲子，让被酒精麻醉了的头脑清醒一下，然后，潇洒地打个响指，付完钱，转身，对着门口玻璃照一照、甩一甩头发。

走上一段路，踱进旁边书店，这里的书不很多，仅供阅读，翻过上面一些“拳头加枕头”的旧书，随意翻看着自己想看的书，假如有一篇极为精彩的，你尽可坐下把它读完，或者干脆借走，为今夜度过一个“不眠之夜”提供保证。

在获得这意外之喜之余，你不妨再去小镇的娱乐圈溜达溜达。这里有录像室、电影院，里面播放的是打打斗斗、生生死死的影片，只要你愿意，随时都可买一张票，叼一根雪糕，从从容容进去找一个座位。也可往卡拉 OK 摊前一站，“啃”起话筒声嘶力竭、寻死觅活，过一下歌星瘾，来个“潇洒走一回”。

如果你觉得烦了，不妨在寂静的下街踏踏马路，让从四明湖吹来的凉风吹散刚才的激情；看看路边一对对亲密的情侣，牵着手的一老一少，或者相互嬉闹着的三口之家。

夜静悄悄的，风凉飕飕的，空气软绵绵的。此刻，你一定会觉得你的情绪在受到洗礼，你的心灵会超然于物外……

（1993 年 7 月 22 日）

雨中即景

星期六的傍晚，我蹬着自行车急匆匆往家赶，不一会儿，天空中忽然下起了雨。这时，我注意到前面有一位年轻妇女也骑着车，车档上坐着一个五六岁的小女孩儿，这显然是母女俩。见雨下得越来越大了，年轻的妈妈边减慢车速，边从前面车篮里取出一柄自动伞，连忙打开，撑在女儿的头上，而自己却全身都淋着雨。

小女孩似乎很懂事，她一把抬高妈妈的手，要妈妈和她一起撑伞，自行车晃了晃，妈妈急忙把住车龙头，哄劝着，只听妈妈细声细气地说："圆圆听话，被雨淋湿了要生病的。"

那个叫圆圆的小女孩儿稚声稚气地说："那妈妈怎么办？淋了雨也要生病的呀。"

"妈妈是大人，没关系，小囡囡淋雨要生病，生病了就要吃药打针了。你不是害怕打针的嘛？"妈妈故意吓唬着。

"那大人淋了雨，不会生病吗？"圆圆天真地问。妈妈一时不置可否，看到我在注意她们，像发现了什么，就笑眯眯地说："你瞧那位叔叔不也在淋着雨吗？"

小女孩对妈妈的话信服了，又恢复了先前的欢快，对妈妈说："妈妈，幼儿园的阿姨又教我们新歌啦。"

"教什么歌呀？唱给妈妈听听。"

"哎呀，我把歌名给忘了，那我就唱——世上只有妈妈好——"

雨越下越大，我不知潮乎乎的眼睛是否进了雨水，只是狠蹬着脚下的车，因为我的妈妈一定在家里望眼欲穿地等待着她的儿子……

（1990年12月3日）

小镇春色

从哪儿寻觅春天的信息，找到春姑娘的脚步？是从溪边垂柳吐出的嫩绿，是从盆中春兰散发的幽香，还是从路旁白杨那灌满汁液的新枝？

看，大地已经披上了绿色的外套：小草偷偷从新鲜的泥土里钻了出来，绿茸茸、鲜嫩嫩的；欲暖还寒的春风中，几朵可爱的小花藏在小草深处微微摇曳，像是天真的娃娃在招手、在呼唤，在迎接温馨明媚的春天。

“春来江水绿如蓝”，不错，公路旁，那条小溪也悄悄地泛绿了，无数朵小浪花簇拥着、嬉戏着，欢快地向前奔流。晶蓝的天空，缱绻的白云，吐出芽苞的树枝，都收藏进了春天那轻柔欢愉的眼神中。溪畔，是那一块块平平整整的田畴，阳光下、田野上，小麦在拔节，蛰虫在破土……

田埂上，已冒出了大片大片的野菜，有荠菜、艾青、马兰头。那长着五六片肥嫩的叶子、叶茎微红、叶面光滑的，就是马兰头，看它们长得多旺，绿得像要冒出油来。把马兰头稍微在开水里过一下，泡泡熟，切切碎，放上盐、香油等作料，香喷喷、甜津津，那可真是一碟难得的美味佳肴。

瞧，此时真有几个女孩子蹲在田埂上，披着一身暖烘烘的春阳，手不停地在挑着、剪着马兰头哩。微风掀动她们那花花绿绿的衣衫，她们多像一只只纷飞的彩蝶。

喏，三月里最寻常的就是雨了。“天街小雨润如酥”，雨丝，若隐若现地在天际飘洒着，拂面未晓，沾衣欲湿，默默地润泽着古镇上小小巧巧的街弄。

“啪”“啪”“啪”，赶街的人们撑起一顶顶花色尼龙伞，伞底下是一张张充满生气的笑脸。街上，新鲜蔬菜已经上市了，空气中到处弥漫着一抹清新的气味。

“新鲜芹菜一角五分一斤，价钱便宜，快来买啊——”“新鲜青菜一角一斤……”小贩们招徕顾客的叫喊声和买客们的讨价还价声连成了一片，整条小街已从沉睡中苏醒过来。

如花的雨伞，如花的笑脸，在眼前不断晃过。阵阵和风轻拂脸面，我觉得似乎已经嗅到了那春花浓郁的气息。

哦，一支希望的歌，正飘荡在苏醒的小街上空，飘荡在这春风吹拂的小镇之中……

（1985年2月20日）

露天电影

要说童年最令人兴奋的事情，村里放电影绝对排得上号。一般情况下，村校老师得到支书的“指令”，会及时在村口大洋门墙体黑板上写上：“今晚我们大队放电影，影片是……欢迎前去观看。”云云。

那时候的影片多为“样板戏”，或者战争片《地雷战》《地道战》之类，还有20世纪70年代拍的《闪闪的红星》《难忘的战斗》等。站在黑板前面的村民们立即喜形于色，我们这帮小孩子更是欢呼雀跃，转身去告诉家人和其他小朋友。

天还没暗下来，放映员在小孩子们的围观下，用三根毛竹搭成框，在晒场边角把白色的幕布扯了起来。这仿佛是一种信号，也是一种召唤。远处在田间劳动的人们，看到了会提前收工，咧着嘴，急匆匆来到沟渠边，高兴地清洗着锄头、铁耙上的泥巴，收拾回家。女人们往往在男人的催促下，稍早点儿赶回，做好饭菜，喂好鸡鸭猪羊，家里宽裕点儿的还会炒些大豆、瓜子等过节才可享受的零食。我们这些小孩儿也一刻没有闲着，变得特别听话，听父母吩咐，到邻队邻村东邀西请，约伙伴，请亲戚，有的还要把老外公老外婆大老远接回家来，脚不沾地一转身，又争先恐后地跑出去，在幕布前抢好地盘；有的摆好高高低低的板凳竹椅，怕搞乱了再用布条穿起来；有的就用碎瓦片在地上画个小圈子，以示“领地”不可侵犯。

当夜色降临，由柴油机改装而成的“马达”（发电机）轰隆隆地响了起来，放映机上的灯泡一明一暗，灯光下的人头密密麻麻，调皮的孩子在放映机镜头前或挥手或摇头，看着幕布上晃动的自己的影像乐得直蹦。

这时候，大队书记或者大队长会照例抓住时机，在一阵又一阵的催促声、埋怨声中讲一会儿话，内容主要是什么供销部收购稻草秸秆的啦，什么田里庄稼该打农药该施化肥啦，谁家的孩子放牛的时候老黄牛啃了生产队的庄稼下次要罚款啦，等等。话音刚落，银幕上的人就出来了，喇叭嘀嘀咕咕地响了起来，在乡间寂静的夜空传得很远很远。

男人们安闲地点着大红鹰之类的香烟，烟雾腾腾，和电影上的战火一样多；女人们手不停地做着针线活儿，空闲时不忘说几句家长里短，有的声音差不多像电影里的机关枪一样响；孩子们也不停歇，在电影里“战斗”不激烈的时候，在人群中钻来钻去捉迷藏，偶见电影画面里鬼子占着碉堡用机关枪扫射、游击队员牺牲了好多、可其他人还是一个劲儿地往上冲时，就七嘴八舌嚷嚷着出主意：“快快快，从后面钻过去，用炸药包轰掉它。”自己跑到幕布后面，把沙土、泥块用废纸一包，呼啦啦直向幕布扔去，“帮助”游击队打击敌人，顿时银幕上下“硝烟”一片。

一部片子放完，在放映员换片的档儿，人们如释重负地歇上一会儿，惋惜着八路军、游击队牺牲了好多人，议论着鬼子跑掉了几个。原来憋着尿的孩子，赶紧跑到晒场外粪坑边，排成一列横队撒尿，全然不顾叫卖声和哥哥姐姐们的嬉闹声。接着电影又开始放映了，于是所有的目光又整齐地盯着银幕……

一场电影放完，人们就恋恋不舍地散场回家，嘴里议论着电影里的情节，男人女人们背着或者抱着更小的孩子，有的还一手提着一把椅子，更大点儿的孩子在哈欠连天中扛着一条长凳子，赶紧往家里走，好早点儿上床睡觉。不久，整个村庄又归于寂静。

第二天，早早出畈的人们扛着农具，还边走边议论着昨晚的电影，而早起的我们抢先跑到银幕后的场角边，去捡子弹壳，昨晚那边打了一场激烈的“战斗”。

（1991 年 9 月 23 日）

山村舞会

星期天上午，我正在家看书，堂兄阿强带着几个人闯了进来。阿强是村里的团支书，进来的是他们团支部“一班人”。听介绍，他们想在今天晚上搞个“青春舞会”，因我“见多识广”，要我当“参谋”“顾问”，我慌忙说“不敢、不敢，但帮忙行”。阿强见我答应，拉起我就走。

刚出门，我转念一想，忙问阿强：“村里同意你们搞舞会吗?”

“早同意啦,”快嘴快舌的宣传委员小燕说，“我们与村里商量，村主任点头了，还给了100元充作经费呢!”

路上，阿强他们七嘴八舌地告诉我，前年村团支部承包了一块山木基地，赚了点儿钱。有团员提意见，觉得团里除了开会，平时大家很少聚在一起，现在有钱了，也该跳跳舞、乐一乐。我连连点头赞赏。

我又有点儿不放心地问：“大家兴致高吗，组织得起来吗?”

“当然。”走在身后的组织委员小祥说，“肯定要比村里开社员大会热闹，我们还欢迎老人们来看呢。”

“这老人中该不会有你爸吧？否则他又要来追打你了。”大家一愣，随即都笑了起来。

我知道小祥他爸曾因为他穿牛仔裤，强要他脱下、剪了，他不干，他爸就撵着他满村跑的“掌故”，便打趣小祥。

“他现在可不会了，”小祥不好意思地笑笑，一本正经地说，“我把村团支部要办舞会的事与他说了，他没说什么，倒是提醒我们不要弄到太晚。”

我又回头笑问小燕：“你妈呢？不会像上次，你去跟人家学跳舞把你关出门外了吧？”大家又哄然大笑。

“那是老皇历了。”小燕急忙辩解，“她现在还让我教侄女跳迪斯科呢！”

大家说说笑笑来到了大队会议室里，早有不少人坐在一起议论得起劲，见我们进来，都迎了过来。

一大拨人重又落座在一起商讨。这个说，办舞会是小山村破天荒第一回，要像人家办喜事那样热闹；那个说，会场布置得要与电视里一样，要去借来音响，让强烈的节奏回荡在小山村。我与阿强他们交换了一下意见，就由阿强宣布分派了任务，并分头行动……

忙了整整一天。晚上，大队会议室里红灯绿纸、灯光闪烁、歌声迷人。阿强他们忙着邀请前来观看的人们，不少上年纪的人都笑嘻嘻地往里瞧，嘴里“啧啧”地赞叹着，尤其是一些老大娘，抱着小孩也往里凑着。

我听到有两位老人这样说：“咳！现在的年轻人真想得开，我们那时其实也该乐一乐。”

“可不是嘛，我前几年看到电视里有男男女女搂搂抱抱跳舞的就羞得低头不看，现在虽然有时也有点儿想不通，但看着他们高兴就好！”

此时，我真切地感觉到小山村在变了，这不仅仅表现在多了几幢楼房，多了几台电视机，更重要的是人们的思想观念、精神生活也在变啊！

（1992 年 3 月 12 日）

酸 橘

又是一个如酒芳香的收获季节，那金黄色的秋风和墨绿色的秋雨，一定又给家乡橘园里的果实和枝叶染上各自的颜色了吧。

失语表姐几次捎信要我去她家吃橘子，前年、去年还托人为我带了橘子来，但我到底是因为心存芥蒂没去，她每次带给我的倒是那又酸又涩的回忆。

记得小时候，我常去姨妈家，失语表姐比我大 6 岁，就由她带着我玩。或许，是因为她好看，还因为她有好吃的尽让着我，再者，因为有年夏天，我在河里洗澡脚抽筋，直往下沉时，失语表姐拼死拼活地救起了我，总之我形成了对她的那份依恋：只要去她家做客，我就跟她形影不离。表姐家有姐妹 6 个，却没有一个兄弟，她也就把我当成了她们家中的一员，我俩不是亲姐弟，胜似亲姐弟。

失语表姐是姨妈的小女儿，虽然耳聋、嘴哑，但是人生得既聪明又水灵，尤其是那双眼睛，“定神时如池中的清水，闪动时像天上的星星”。有一次，我跟她去镇上买菜，听见旁边有两个大妈在议论她。

一个说："这是谁家的姑娘，长得真好看，不知道哪家的小后生有福分娶到她？"

另一个知情的摇摇头，说："你别看她长得好看，她是个失语者呢。"

"啊？是这样啊，真是太可惜了。"

"谁说不是呢？苍天无眼吧。"说完，两人都叹息不已。我赶紧拉拉表姐的衣襟，表姐一回头，看我示意她，她再看看两个大妈，似有所悟，脸蛋一红，拉上我匆匆回家。

那年她 20 岁。有一次，在看完电影捎我回家的路上，月光底下，我发现有个很英俊的小伙子，骑着自行车不紧不慢地在我们后面跟着，我拉拉失语表姐的衣服，指一指后面，她却嗔怒地打掉了我的手，脚下生风，加快了车速。

可惜的是，两年后，失语表姐嫁给了一个她不喜欢的男人。原来，我姨夫家没有儿子，他兄弟家倒有 4 个，即侄儿 4 个，但因家里穷或其他原因，4 个儿子连一房媳妇都娶不到，眼看着他们王家要断了香火，姨夫就与他哥哥商量，给邻村一户也是穷得娶不起媳妇的人家换亲：把失语表姐与那户人家的"丑"女儿互换，分别嫁给对方的哥哥。这就是过去农村里常见的所谓"调换亲"。悲剧就这样发生在失语表姐身上了。

那时，我在外省求学，母亲在信上说，结婚那天，失语表姐因嫌那男的又黑又老实，在洞房里大闹，众人七手八脚地把她按在床上，她死命挣扎，还蹬断了一块床板……

接信的那天晚上，我不吃不喝地躺在床上抽泣着，为我那苦命的表姐流了一夜的眼泪。第二天，我怒气冲冲地给那个该被称作表姐夫的男人去了一封信，痛骂他是一个强盗、流氓，欺负一个苦得不会说话、被按在床上毫无反抗能力的失语姑娘！

后来，我又听母亲讲起，那个男人待失语表姐倒很好，处处让着她。一年后，他们有了个女儿，还承包了村里的一块荒山，种起了橘树，日子倒也过得和顺起来了。再去姨妈家时，我见过那个表姐夫，长得五大三粗，只是黑了点儿，看起来人品还是不错的。我觉得十分尴尬，他倒很客气地叫我“弟弟”，我点点头，扭过了脸。

转眼七八年过去了，我工作也有两年了，失语表姐还时刻惦记着她的小表弟。最近，姨妈告诉我，表姐家这几年忙下来，靠承包荒山种植橘子积了点儿钱，前年买了台天目山牌拖斗车，今年秋后还打算扩建三间房。我很高兴，几年来对失语表姐婚事的惆怅也随着时间慢慢淡漠了。

前天傍晚，同事说有人找我，我出去一看，是失语表姐一家开着“天目山”来看我啦。表姐比正月里见到时显得黑瘦多了，大概是最近遇上橘子上市辛勤劳作的缘故，仍是长长的乌溜溜的头发，挂着一丝“永恒的微笑”，手上挎着一篮橘子，更有了一番蒙娜丽莎的风采。表姐夫领着孩子跟在后面，表姐连说带比画地说我的地方真难找，问了好多人。

这时，表姐夫又催着孩子喊我“舅舅”，我一把抱起外甥女，嚼着刚上市的新鲜橘子，尽管嘴上觉得很甜，其实真的也很甜，但不知怎么的，心里总有一丝丝的酸。

没说上几句话，失语表姐一家放下橘子要赶回去了，我看着他们挨得紧紧地坐上狭小的驾驶室，外甥女伸出了胖乎乎的小手，稚声稚气地说着“舅舅再见”，车后扬起了一股烟尘，也留下了一片橘香。我怀着复杂的心情，默默地祝福我的失语表姐一家，祝福那勤劳朴实的人们，生活幸福如意。我下意识地眨眨眼睛，见鬼，怎么有点儿潮湿？

我那又酸又甜的橘子哟……

（1991 年 3 月 24 日）

看电视

八年前，家乡偌大的一个村庄还没有一台电视机，年轻人会簇拥着去别村看电视。后来开小店的汪大伯家买了台十四英寸的黑白电视机，引得全村老少都像赶集似的上他家去。

可是，汪大伯这人是个“门槛精”，进去看电视的人都要买他店里的瓜子，不论大人小孩“童叟无欺”“铁面无私”，弄得人们哭笑不得。因为电视节目好，吊人胃口，小孩们是一定要看的，况且还可借此去大人那里要零钱，在他们看来，嗑瓜子看电视是两全其美的事；而大人们呢，有情愿的也有不情愿的，日子长了，尽管腹诽不已，但也无可奈何、习以为常啦。

电视机摆在汪大伯家的院子里，晚饭后，孩子们早早地背着凳子，像平时看露天电影一样，来抢地盘争位置。

一到节目开始，照例会引起孩子们的一阵欢呼，惹得家长们不时嗔斥着。不一会儿，人们就被剧情吸引进去了，紧张的一集过后，人们似乎又回到了现实，有惊呼烟头烧着衣服的，有嚷嚷瓜子掉到地上的。之后，大家便嗑着瓜子议论着剧情，联想着下集的情节，还不时地骂几句电视台那没完没了的广告。

要等到屏幕上出现“再见”时，汪大伯家的电视聚会才会散场。这时孩子们早已哈欠连天，大人们才背着凳子，抱着孩子哼着小曲回家。

这已是以前的事了。如今小山村几乎家家都有了电视，其中还有不少大彩电。汪大伯再也不那么“抠”了，村里最近修路是他家出的钱，每晚他家院中放的录像片“敞开供应”，因为现在他后悔过去卖瓜子看电视的事呢。

（1992年11月4日）

布鞋往事

星期天，回老家看母亲，看到她在忙碌着给家里的第三代做布鞋，我不由得想起农村老家有关布鞋的一些往事。

早年间，农村穷，人家儿女多，家里买不起鞋，大多只能由为娘的自己做。这样，农村妇女除了白天要去山上田间劳作，夜晚就在灯下做鞋，辛苦得很。纳鞋底和缝鞋帮又是个相当费时费力的活儿，为省煤油、省电，也因为熟能生巧，大多数妇女不用眼睛看，也可以摸黑穿针引线。有时候由于实在太劳累了，缝着缝着，瞌睡上来，针就戳在自己手上，一下子惊醒了，再接着缝。

唉，那时候每家每户的家庭主妇都这样！

要是碰到晚上去生产小队或者生产大队开会就好了。耀眼的汽灯在头顶“吱吱吱”地响着，明晃晃地照着，那些婆婆妈妈们好聊天，不瞌睡，也不会把针戳在自己手上，都如鱼得水，把针线穿得飞快。动作快的，能在两三个小时的冗长会议中，把一双小孩鞋底纳完，或者把一双大人的鞋帮缝完。

最惬意的时候，是下大雨、大雪的天气，生产小队或者生产大队不能安排农活儿，就安排政治学习之类的活动，还能赚工分。去学习开会的时候，妇女们会肩挎一只藤篮，里面放着针线活儿，一手拿着短凳子，一手牵着儿或女，和邻家相约着出去，呼朋唤友的，一大帮子婆婆妈妈往会场走去。来到会场，大家因为手里有活儿，开会的时候当着主持人的面干活儿不好意思，所以都尽往后面，甚至墙角落里扎堆，一边忙着穿针引线，一边“嘁嘁喳喳”说些家长里短的事情。

坐在台上的大队长看不过眼了，会站起身，一边用旱烟锅子使劲敲敲桌面，一边瞪起一双充满血丝的牛眼，厉声道：“大伙儿好好听着，说话的声音轻一点儿，手上的活儿稍微停一停！”

顿一顿，又道：“那个阿强娘，还有那个李家媳妇，还有那个，谁、谁、谁……就数你们几个的声音响、活儿忙，当心下次扣你们工分！”

大家知道队长是个大好人，谁也不怕他，被点到名的那几个婆娘还低头捂嘴“嘻嘻嘻”地笑。会后几个年纪大的婆娘还会趁他不注意，去扯他嘴边稀稀落落的几根白胡须；胆大的年轻媳妇会去“偷”他插在腰后的旱烟杆子，藏起来敲他的“竹杠”。大队长也不恼，只是瞪起牛眼半真半假地骂几句。

会场的纪律是明显好转了不少，可那些婆娘们手头的活儿也快了许多。

做鞋子是个技术活，也是过去农村妇女的一项基本功。看谁家媳妇能干与否，就看她给家人做出来的鞋子怎么样，要是样式新颖、好看，村人就会评价说这家媳妇能干，否则评价就不怎么样啦。所以，不管谁家的姑娘，出嫁前再不济也一定要学会做鞋子这门“手艺”，否则以后会被人看不起。

老家那边还有结婚前要给未来公婆各做一双鞋子的习俗，这也是检验未来儿媳妇是否心灵手巧的一种重要形式。有的姑娘做不好，会悄悄地让母亲或者姐姐帮忙。至于婚后鞋子做得好不好，那就“请听以后分解”吧。

未来的公婆收到未来儿媳妇的鞋子，要是满意、看着喜欢，会觉得倍儿有面子。若是家有来人，一定会直接拿出来显耀一番。也有含蓄点儿的，婆婆会装作无意似的，说到新媳妇给她公爹做了一双新鞋子，不知道合不合脚、好不好看，引得来人也有想一起观赏观赏的欲望，便催促着自己老头儿赶快去里屋拿出来试试看。

等到老头儿屁颠屁颠地拿出来自己的一双，她又会不经意间嗔怪他只顾自己不顾别人，也不把她的那一双随手拿出来。老头儿放下自己的新鞋，又步履轻快地回身去拿老太婆的那一双鞋子。

“表演”开始，老头儿坐在椅子上，老太婆就当着来人的面，十分贤惠地蹲下身给老头儿穿鞋，还不时地嗔怪老头儿的脚长得难看、不成样子（长年累月挑重担、干粗活儿，肯定难看啊，明知故说啦），问他有没有洗干净脚，提醒他不要把新媳妇的新鞋子弄脏了，拂了儿媳妇的一片孝心。等到众人啧啧称赞儿媳妇活儿漂亮、手脚灵巧，老头儿才会依依不舍地脱下新鞋，重新穿上那双一年四季都趿拉着的破圆口布鞋。

接着，老太婆马上会取出儿媳妇给自己的新鞋，套在自己的脚上试着，故意说着好像有点儿紧了、式样有点儿新了、自己穿着不合适了，引发人家的话头，直到来人一连声地否定她的说法，起劲儿交口赞扬才作罢。

这老头儿老太婆就是出去走亲戚的时候，还不忘这样再表演、显耀一番。

那时候，出门全靠两只脚走，路上新鞋子是断断舍不得穿的，要等到快到亲戚家的时候再换上，这才会在亲戚家里走来走去。等出了亲戚家的门，回家来的路上，又将原有的旧鞋换上。旧时，走亲戚的人一定会这样穿着一双旧的，带着一双新的。那时节难哪。

我们家里，有些年头农活儿忙，快过年了，母亲来不及做鞋子。这时候，外婆会悄悄带两双鞋底子过来。虽然她家里两个媳妇即我的两个舅妈，看到了也不会说什么，但外婆身下有两大家子的孙儿孙女，自家也不够，平心而论自己也觉得说不过去的，但做娘的心里的天平总会偏向女儿一边。有时候，大姨也会记着照顾一下自己的妹妹，瞒着姨夫会送一张上好的鞋面子来，尽管她家里也有十几双脚丫子。

其实，瞒着家人并不是怕什么，即使她们家人知道了也真的不会说什么、计较什么，而是有些事做尽管做，知道的人还是越少越好，省得费口舌、多口水。世上的许多事情就是这样的，少说多做为好，是吧？

（2021年11月24日）

电灯纪事

20世纪70年代初，我们山区那边刚刚开始通电安装电灯，电源是来自村上的大水库发电，却经常电量供应不足，村里只能规定每户最多安装两盏电灯，怕安装多了电量不够。就是这样，还是电压不稳，电灯时暗时亮，甚至会片刻断电，直到后来并入新安江电网，这种情况才改变。

电灯没有开关，其实也用不着开关，因为白天没电，要到傍晚6点左右，有电工去水库电站，打开水轮机放水发电，才会有电力供应。晚上9点，师傅再上去关机器，停止发电、供电，熄灯。熄灯前，有人会提前吹着哨子在村里来来回回通知，大家听到哨子，知道马上要停电了，赶紧准备睡觉。

没有电表，每家每户的电费计算并不难，水库是周围附近村民出工出力自己建造的，水是老天下的，这些几乎不需要花钱，只要稍微摊上一点儿水库、机器维修成本，再加上电工工分，差不多就是所有费用了。至于每家每户装了几盏灯，周围村庄一共有多少盏电灯，都清清楚楚的，又没有什么其他家用电器，总费用除以总电灯数量就是每一盏电灯的费用，再根据每户人家安装的电灯数，就可以算出该户人家的电费。一般一个月下来每户电费一元钱不到，统一按月从生产队工分中扣缴。

村民穷、怕花钱，大多数人家都不敢用、用不起，只有少数几户才用，我家也安装了两盏电灯。那些家里没装电灯的大人、小孩儿，一到天黑，会簇拥着去安装电灯的人家走动，农村里本来就没有什么文化娱乐活动，晚上的时间大多靠聊家长里短、讲鬼神故事消磨。所以，每每聊天，村民都要聊到电工哨子吹响，讲鬼故事讲到我们小孩子直往大人怀里钻。

没有电表会让人有隙可乘，有装电灯的人家觉得反正用多用少，都缴纳一样的电费，就偷偷去买个功率大的电灯泡换上。被发现后，大队里先批评教育，对"屡教不改"的，罚款扣工分。这种"偷奸耍滑"的事多了，上面想到罚款总不是办法，于是用盖有印章的封条，把灯头的插口处贴封起来，规定只有电工才有权限启封。

要是碰到家有喜事，例如女儿出嫁，原先家里已经安装了电灯的，觉得灯光照明不够，向村里申请，要求电工来增加灯泡的功率亮度，或者再外接一盏电灯，增加的费用，由电工估摸着在当月工分中扣除。

也有原先家里装不起电灯的，碰到家有喜事了，如果需要用电照明，也是向村里申请，电工从隔壁邻居家接过电线来，临时安装电灯，等到喜事办完，又由电工拆除电线电灯，恢复原状。至于增加的电费，则由办喜事的人家补偿给邻居。一般乡里乡亲的隔壁不会收钱，办喜事的人家会叫上邻家主人一起喝一顿喜酒，算是帮忙了事。

后来，家里安装电灯的人家多起来了，也开始有了开关、电表，村民们为节约用电，干脆说是为了省钱吧，用尽了各种各样的省电省钱办法。有人家只安装一个电灯泡的，那灯泡极小，功率也小，完全是"红头灯泡"一枚。也有只安装一个的，考虑到既要照明外间又要照明里间，就在两间隔开的单砖墙壁上开一个洞，把电灯泡像吊红柿子一样挂在横梁下，这样两边都能够同时照亮。

稍微灵活一点儿的，家里安装两盏电灯，再配装一个“双灵开关”。这种开关的好处是，可以同时控制两盏电灯，能同时亮同时熄，也能让需要照明的一盏亮，不需要的那盏熄。譬如，吃饭的外间要照明了，一拉开关，这边电灯亮了，里间的熄了；睡觉的里间需要照明了，再拉一下这个开关，外间的熄了，里间的亮了；要是睡觉了或者里外间都不需要照明了，还是再拉一下这个开关，都熄了；有时候实在省不了，都要用电照明，又拉一下这个开关，都亮了。

这些人家，晚上往往都要到天黑得实在看不清了才开灯，凡是不用照明就能干活做事时尽量不开；即使偶尔开一下，也立即关掉，节约得很，所以一个月用不了一度电。前些年，网络报道中西部贫困山区人家一年用不上几度电，许多人不理解，其实那是他们没有经历过曾经岁月的缘故。

外公家住在里面的山上，比我们村迟五六年才通上电。预先得知这一消息，外公很开心，每次来我家时都要唠叨着说他们那边马上就要有电灯了，仿佛我们这边没有似的。他们村开始施工安装的时候，电线要从我们这边连接上去，而且隔一段距离要安装一根电线杆子，翻山越岭，全靠手拉肩扛，工程量很大。外公他们村的村民积极性都很高，不要生产队里的工分，义务出工出力，而且中饭各家各户自己随带。刚开工时，工地距我家很近，外公和舅舅每天来我家吃午饭，有时还带上几位没带干粮的邻居一起来，那几天我家很热闹，像过节。

（2021 年 11 月 18 日）

生死恋

梁弄镇西园村的金涛姑娘和同是22岁的国银在一家厂里做工时相识。女的聪明能干，男的颇有才气，一见钟情，很快他们于1988年订了婚，这段姻缘吸引了不少羡慕的目光。

然而天有不测风云，厄运猝然降临到国银身上。那是1990年9月的一天晚上，国银突然头痛如裂、疼痛难忍，连夜到医院检查，查不出什么毛病，连医生也没有碰到过这样的病人；到了省城医院，经专家会诊为“新型阴球菌脑炎”。这种病在该院病例中也只碰到过两次，没有有效的医疗办法，只有等死！

国银父亲早在两年前亡故，而24岁的他又要步后尘而去，这怎不叫他母亲悲恸欲绝呢！母亲说只要有一点儿希望，就不惜倾家荡产；而金涛私下里准备买嫁妆的钱，如今也全部拿出来当国银的医药费，甚至准备用作丧葬费，这又怎不叫金涛柔肠寸断呢！

面对着这样一个“女婿”，金涛父母很合情合理地要求女儿与国银断绝来往。可金涛却常常关上自己开的裁缝店，去省城照顾国银，一陪就是十几天，用光了钱不说还拖累了身体。

经过医院一年多的治疗，病人已奄奄一息，头大如斗，腿细如麻秆，头发变红，医院再三“劝退”病人，直至最后以病人死在医院里要火化为由，国银才回到了家。

回家后，国银病势如故，家里早已为他准备了后事。但金涛和国银姐姐没有死心，一听哪里看病好，就东奔西走送国银去哪里，还要买药、采草药。这对金涛这个未婚妻来说该要有多大的耐心和勇气啊！

不知是金涛用心良苦感动了上天，还是草药的药力缘故，总之，国银竟神奇般地好了起来，有一天还自己下了地。但随着病情的好转，国银的两眼却失明了。

为了更好地照顾国银，配合国银治好病，经医生同意，金涛不顾全家的反对，瞒着家里，与国银去镇政府领了结婚证。村里的人都认为金涛太傻了，即使国银病好了，那治病欠下的两万多元债就够他们还一辈子的了。

但金涛义无反顾。令人欣慰的是，国银的病竟全好了，眼睛也能分得清前面的人了。更可喜的是，一年后他们生下了一个白白的胖小子。

现在，金涛一家过着甜蜜的日子。

（1993年8月5日）

父子俩

老田书记是新中国成立前入党的老同志，从土改起到后来的人民公社时期一直是本地的领头人，是老书记了。小田书记是老田书记的儿子，从被人叫“小田”起就在乡政府工作，当过文书、副书记、乡长，直当到现在的书记。实事求是地说，小田没沾过老田的光，是自己一步一个脚印走过来的。

老田书记离休后就住在村里，但他是离而不休，人老心更红。某党员参赌他要管，东家吵架、西家闹纠纷他也要管；他自费订报在村里办了个阅报栏；他用离休金接济那些困难户和生病人家；村里修桥铺路他要捐款；“六一”节到了他要忙着去给小朋友上课，还送钱送礼物的……人们提起他莫不肃然起敬。

小田在工作上虽没得过老子的提携，但常常得到老子的耳提面命，主题无非是三个字：“不忘本”。

俗话说：强将手下无弱兵。小田书记政绩突出，深得民心。这可有例为证：当乡长时，在人代会上他得全票；当书记时，在党代会上获满票。

老田曾要求儿子：平时不能坐公家车回老家，免得让人瞧着不顺眼。有一次，小田书记坐车检查工作路过家门，想进去看看，被拒之门外。小田书记呢，也很以为然，每次从乡上来看老父，总自己骑车，边走边顺路看看、听听。

有一天，老田得了重病，自觉到了这把年纪也快不行了，就让人打电话给儿子，想见上一面，但再三叮嘱不要坐公车来。小田书记得讯，推起自行车就跑，可又嫌太慢，情急之中雇了辆摩托车，赶着回家。

老田书记显然是听到了车的喇叭声，见儿子进来，就把头别向一边不理，只见两颗浑浊的泪滴顺着他苍老的面颊流了下来。小田书记不解，不知哪儿得罪了老子，倒是他妈过来告诉老田，儿子不是坐公家车来的，他只是租了辆别人的摩托。

老田这才张开泪眼，点了点头，露出了一丝欣慰的笑。小田赶紧掏出手绢替父亲轻轻擦去了泪，自己却忍不住流下了泪。老田缓缓伸出一只手，小田赶紧迎上去，两只手握得紧紧的、紧紧的……

不久，老田书记撒手离开了人间，临走留下话：把他平时的积蓄全拿去交党费，那张党费收据送给小田书记作纪念。小田书记一一照办，不仅珍藏了收据，更把它装在了心里。

发丧那天，自发送葬的队伍是前望不到头，后望不见尾……

（1996年6月28日）

小六的爱情

节前，小六早早打来电话，让我们不要忘了节日里去他们家，喝他们大儿子的婚庆喜酒。小六是我堂妹夫，他老婆阿五即是我的小堂妹、我堂叔的小女儿。哎！我怎么会忘了呢？他们家这个喜酒我们是一定会去喝的！

一

小六是他爹娘为了完成传宗接代任务，在连续生下了五个女儿后才有的他，因为是家里第六个、最小的孩子，就顺口叫小六。他算是家里第四代单丁，不要说爹娘，就是其他家人，包括他舅舅、姑父这些至亲，从小都惯着他宠着他，真是“含在嘴里怕化了，捧在手里怕摔了”，他在家里就是个说一不二的“儿皇帝”。再说，他顽皮是顽皮，长得却也五官俊朗、眉清目秀，挺可爱、挺招人喜欢的。

20 世纪 80 年代初的时候，农村里读高中的人不多，不要说好多村没有，就是整个乡也没几个，能够读高中，哪怕是上职高的，都是幸运儿。小六就是这样的幸运儿，要是换了别家，哪还会有钱供他读职高？像他这个年纪的，早就让他出门打工或者下地干活儿去了。

小六老婆阿五也是村里屈指可数的两个高中生之一。她家里情况差不多也这样，她爹为了生个儿子，在接连生下她四个姐姐后，仿佛祖坟冒烟，一下生了龙凤胎，即她和弟两个，她成了阿五，弟弟是阿六。

浓厚的重男轻女氛围，让阿五从小学会了自强自立，好像总有一股子要赶超过她双胞胎弟弟的劲头，在学校里她是班干部，成绩一直名列前茅，是村里唯一考上普高的，是全村家长口中的乖孩子、小孩子读书的好榜样。她之所以成为幸运儿，完全凭的是自己的努力和实力，在村里人上上下下一片赞扬声中，在家里赢得了除弟弟以外第二等的宠爱。否则，像她这样的女孩子，在农村不要说想上高中，就是要读到初中毕业也难啊。

小六、阿五两家相隔一条大溪，大概八九百米距离，经济条件都差不多，两人都是因为前面有几个姐姐顶着，他们做老幺的，家里要做的家务活儿才稍微轻松一点，才有了上高中读书的可能和机会。

小六比阿五大两岁，在镇上上了两年职高以后，阿五才上的高一年级。两人是同一个村的都认识，差不多是相互看着长大的，只是到了青春期的少男少女，碍于羞涩，即使碰到了，有时只是简单地问候一两句，有时也走过路过、相互不睬，但在走过以后也会偷偷地回头看一眼。

二

那时候，社会上自行车是个稀罕物，不要说买得起的人家很少，就是会骑的人也不多。小六书读得不怎么好，但从小脑瓜聪明、思维敏捷，在校不到两年，不知从哪一个条件较好的同学那里学会了骑车，回来就跟爹娘吵着闹着，一定要给他买一辆。爹娘拗不过他，好的买不起，只能托人千方百计买了一辆二手货。

小六自从有了自行车，不要说有事，即使没事也要找事骑车往镇上跑。平时村里人没工夫，上街买东西不方便，见他常常去镇上，就来托他顺便捎带，他都一一答应，带回来后还骑车挨家挨户送过去。有时在路上碰到熟人，他会主动停下车，要么捎上人家一段，要么帮人家捎上手里提着的东西。在村里人眼中，小六变得勤快了，爱帮助人了。

一个星期天上午，小六正在家里，阿五娘过来找小六，说她家突然来了客人，能不能帮她去街上割一斤肉。小六这天还真没打算去镇上，正在犹豫着，刚刚还在催着儿子去割菜的他娘，闻声马上过来接上：“好的，没事，去吧，反正他在家里也闲着，小孩家腿脚勤快，骑车来回方便。”小六见娘催促，二话没说就出发了。

近晌午的时候，小六满头大汗地买了肉回来，送过去的时候，阿五娘去溪边洗衣服了，家里只有阿五一个人正在烧饭。两个人单独相处都有点儿不好意思，就一个在门里一个在门外地站着，一手交货一手交钱，顺便聊了几句“今天天气真好”“街上人真多”，话题转到学校里的时候，两人自然了不少，互相问起了学习情况。正说着，阿五娘回来了，他们马上打住话头，她娘感激地喊着让他留下来吃饭，小六连说着“家里都烧好了”，便推车回家了。

在小六记忆中，这一天好像是第一次正儿八经地和阿五说话，还说了不少；也第一次这样面对面近距离地观察了阿五，感觉阿五长得清秀耐看，圆圆的鹅蛋脸，长长的眼睫毛，大大的黑眼睛，两根不长不短的辫子松松地、很随意地左右两边扎在脑后，一看就是个美人坯子，比班级里的那个所谓的班花好看多了。小六有了想和阿五再次单独说说话、哪怕见见面也好的小小想法和期待。

三

半年后，阿五考上了高中，也要去镇上的学校读书。全村就他们两个念高中的，两人不期而遇的机会也多了起来。开学不久，有一次小六在去学校路上，看到阿五背着书包，手里拎着沉甸甸的一袋子米，很吃力地在赶路。那时候，赶路基本靠走，拿东西基本靠手提肩挑。他不好意思停下来，也没跟她打招呼，等骑车过了头，想想都是同村的，不帮一下人家，觉得不应该，也不忍心。

他就捏住刹车，一只脚蹬着车，一只脚踩着地，在前面远远地停了下来，等到阿五走近，说了一句：“把袋子给我，我帮你带吧。”说完，像抢人家东西似的拿过阿五手上的米袋子，捎到自己车子后面的书包架上，又像有人追赶似的一蹬踏板，往前就冲，急得阿五在后面喊：“哎，哎，哎！”小六闻声停下车，似乎想起了什么，摔下一句："放在你们学校传达室里。"阿五感激地说了一声："谢谢！"

还有一次放学回家，小六大老远看到阿五和几个女同学在一起走，想想既然碰到了应该捎上人家一段，况且平时也捎过别人，但碍于有其他同学在，他不好上前，就在后面慢慢跟着，等到其他同学陆续拐弯回家，只剩下了阿五一个人的时候，他才骑上前去，装作刚刚发现的样子，在她前面不远处停下，吞吞吐吐地说："哎，上——来吧。"

阿五迟疑了一下，看看周围没有人，这才大着胆子慢吞吞地小跑上前，坐在了车后。小六一阵紧赶快蹬，弄得背心全是汗水，这汗水既是运动累的，主要还是紧张的缘故。看看离村不远了，两人赶紧下来，怕别人看见说三道四。

小六想问问阿五什么时候返校，方便的话，像今天一样可以顺便捎她一段。但他张了张嘴，实在说不出口，眼睁睁地看着阿五低头急匆匆回家。

还有一次，小六在路上碰到阿五，这次没了上次的紧张，他把车停在了离阿五几步路远的地方，眼睛直瞪瞪地看着前方，头也不回地说："上车吧，再不快点儿，天要下雨了。"阿五还是迟疑了一下，紧走几步，坐上车，小六说一声"走了"，就埋头拼命蹬起了车。

果然，半路上下起了大雨，幸亏阿五带了一把伞，她把伞撑开，大部分替小六遮挡着，小六在前面起劲蹬车，阿五在后面吃力地撑着伞。她使着虚劲尽量不让自己的身体碰到小六，但路面不平坦，车子震动大，两人还是经常肌肤相碰，小六没注意或没感觉到，阿五的脸却羞得像红纱巾。到了以后小六才发现自己不怎么湿，倒是坐在后面的阿五头发全淋湿了，再看看她红扑扑的脸，他心头一热，全然不顾雨下得越来越大，赶紧扭头跳上车就跑。

四

有一天，小六骑车去学校，看到阿五在前面走，来到路人不多处，他一边故意把车铃摇得很响，一边把车刚好停在阿五前面，装作很随意的样子说："上车吧。"

这次，阿五没有迟疑，跳上了车，小伙子也多了话头儿："以后要是方便的话，我可以顺路带带你，省得你走路累着。"

"那太麻烦你了，让人看到多不好意思啊。"阿五细声细气地说。

"这有什么，小心点儿不要让人家看到就好了嘛。"小六温和地说。

"你快要毕业了吧？"阿五转换了话题，问。

"嗯，还有两个多月，你还有两年吧？"他问，"你每次这样走着上学，太辛苦了。"

"能有什么办法？家里也没有车，自己也不会骑。"她幽幽地说。

"家里能够这样让我继续把书读下去已经很不错了。"她又十分知足地补充了一句。

他不好再说，停了好一会儿，像下了很大决心似的问："你想学车吗？我有空教你，等你学会了，以后可以借我的车用呢。"

阿五不吭声，过了很长时间，小六以为她没听清楚，就转过头去，看到她正羞涩地低着头，一副很感动的样子。小六没有追问下去，快要到学校下车分手的时候，终于鼓起勇气："有空我教你，好吗？"

阿五轻轻点了点头，蚊子叫似的"嗯"了声，小六开心地说了句"说定啦"，飞车就走，阿五呆呆地愣在那里看着小六远去的背影……

学校每周上五天半课，星期六上午上完，下午放学回家。小六心里惦记着阿五学车的事，想见面约她一下，但去她学校，怕人看见笑话，不知怎么办才好，从星期一盘算到星期六，最后打算在星期六放学回家路上，等她与同学分手一个人走路的时候见她一面。

那天午饭后，他在学校里磨磨蹭蹭地收拾好自己东西，这是他第一次觉得时间过得慢，却不见得烦，倒有股甜丝丝的感觉。按说这两个学期、在不到一年的时间里，他总共才骑车带了阿五八九次，并且基本上都不是刻意而为，是顺路、碰巧的。现在自己这个样子是不是在谈恋爱了呢？他吓了一跳，这事不要说让全村人知道，要是让双方家里大人知道了，都不得了，那该怎么办呢？他心里矛盾着、踌躇着，最后他一跺脚，怕什么？就骑车沿着回家的路赶了去。

不知道为什么，今天阿五走得好像特别慢，不像原来那么急匆匆的，感觉是晃晃荡荡地在走。是不是她心有灵犀，还记着上次两人的约定，也在等我？小六想。

等来到她身后，小六才"喂"地叫了一声，算是打了招呼。真的，他们相互之间好像从来没有叫过对方的名字，总是以"喂"或者"哎"叫对方。

"你怎么回事呀？哪有这样慢啦？都快到家了。"阿五嗔怪一句，像背后长了一双眼睛似的，没有回身，却放慢了脚步。

“没有啊，人家一直在后面跟着呢。”小六搔了搔头皮，辩解道。

“跟屁虫啊?”阿五笑着嘀咕一句。

“快上来吧，有人来了。”小六放慢速度，故意捉弄她。

阿五看看四周，没人啊：“哪里啊?就爱骗人!”坐上车故意使劲儿晃了晃，车子不稳，害得小六慌了，再也不敢开玩笑了。阿五却无声地笑了。

过了一会儿，小六问：“你今天晚上有空吗?”

“干吗?”阿五故意问。

“去学车啊，上次不是说好了的嘛。”

“不知道，差不多忘了呢。”小六刚想说什么，阿五接着说，“没地方呀，能去哪里学呢?村里的晒谷场不能去，人家会看到的。”

“我想好了，去邻村小学操场里吧，那边前后离村子远，没人会看见的。”小六胸有成竹地说。

“晚饭以后再说吧。”阿五想了想，迟疑地回答。

五

晚上，吃完饭后，小六说要去溪边洗车，来到村口溪边，这里是出村的必经之路，他边擦车边等阿五。不一会儿，远远听到了阿五和村里人脆生生打招呼的声音，小六赶紧洗完车，还不忘洗把脸，用手梳理梳理头发。

阿五也看到了小六，她没有停步，继续朝村外走去。小六推着车不紧不慢地跟在后面，路灯下感觉阿五今天晚上好像特意洗漱打扮了一番，走路摇摇袅袅的样子真好看。

等出了村，小六回头看看没人，赶紧骑车追上去，来到阿五身边，柔声地说："上来吧。"

"哎!"她乖乖地答应一声，灵巧地上了他的车。

邻村的学校操场空旷、场地大，前不着村、后不靠店，今夜的月色也不错，是个学车的好地方、好时候。

阿五见状，不由得轻轻在小六的背上拍了一下，说道："坏蛋分子，专会动歪脑筋，真会找地方。"小六一缩脖子，得意地"嘿嘿"两声。

学骑车并不难，关键是要胆子大，把牢车龙头。阿五开始的时候胆子小，还因手劲儿不足把不住龙头，好几次差不多连车带人倒在了小六身上，弄得自己满脸通红，再暗暗瞧瞧小六，发现他比她还紧张，主要是怕摔坏了她，累得他一身大汗，注意力都集中在如何把着车、挡着人上。

一次，阿五倒下去的时候，他伸手去挡人，却不小心碰到了她上面不该碰的地方。阿五尖叫一声，脱口而出："流氓!"小六的双手像被炮烙了一般赶忙收回。

说时迟那时快，阿五因没人挡着，马上失去重心，连人带车翻倒在地上。小六连说"对不起""对不起"，伸手要去拉，却被她生气地打掉，嘴里带着哭腔，"都是你，都怪你"地埋怨着。

小六伸着双手，怔怔地愣在那里，不知道该怎么办才好。阿五看到他那个傻乎乎的样子，忍不住嘻嘻笑了。小六知道她没事，再上去拉她，阿五小声嘟囔一句："小流氓。"小六刚要生气放手，却被阿五一把拉住了。

骂他"小流氓"，小六很生气，想发作，要是换了别人，他早就拉下脸吵起来了，甚至还会打上一架。可不知为什么，对阿五他有点儿不敢，还好像有点儿怕她似的。

阿五起来刚坐上车，忽然像想到了什么，“咯咯咯”地笑了起来，小六茫然地问：“怎么啦?”阿五不笑了，也不理他。刚起步，她又笑起来了，像有人在挠她胳肢窝似的。

小六很认真地提醒：“稳住了，不要笑。”阿五看他一本正经的样子，又说了句“小流氓”，笑得更厉害了。小六不高兴了，沉下脸，生硬地让阿五下来，让她索性笑个痛快。这次她却不笑了。

阿五练了十几次，胆子慢慢大了，身心放松了，也使对了劲，不用人挡着能够独立骑行了。小六看看差不多了，一次在扶她坐上车，她开始蹬车往前走的时候，想到刚才她骂他“小流氓”，就有意无意恶作剧地把车使劲儿往前一推，车子“嗖”地往前冲了去。阿五没注意慌了，把不住车龙头，车子直挺挺地冲出操场，冲进稻田里，人和车重重地倒了下去。

阿五知道小六在背后使了坏，顺势坐在地上抽抽搭搭地哭了起来，连骂了好几句“小流氓，欺负人”，扬言要去告诉他爹娘。

小六知道自己刚才过分了，跑过去，坐在旁边稻草上，把阿五摔痛的脚脖子捧在自己的手上察看。幸亏这里稻谷刚刚收割，田里没水，到处都是稻草，摔不坏人。他一边轻轻地揉着，一边姑奶奶长、姑奶奶短地道歉、讲好话。

小六越说，阿五哭得越厉害，雨打梨花，一副好可怜的样子。小六没辙了。

他环顾四周，半真半假地吓唬她：“小心地上有蛇!”

阿五一听，止住了哭，推开他，自己从地上爬了起来。看样子她摔得不重，小六暗暗放下了心。

她独自走到操场边的一棵大樟树下，小六把车从稻田里推出来，停好，走到阿五身边，她又在悲悲戚戚地哭了，仿佛受到了多大委屈似的。

小六掏出手帕递上，被阿五打落在地，他刚想去捡，却被她手疾眼快用脚踩住，使劲儿地用脚在地上摩擦了几下。好好的手帕，被糟蹋得不成样子。

他赶紧去沟渠边洗，阿五翻翻眼皮，破涕为笑了，看到他折回来了，又马上呜呜咽咽起来。

小六大着胆子，再次上前给她擦眼泪，她扭捏着身子。小六见她没有十分拒绝的意思，就抖抖地拉开她捂眼的手，她不动了，直着身体让他擦。

他忽然觉得自己的眼睛也像蒙上了薄薄的雾气，感到十分后悔，暗暗责骂自己“不是人”，直想抽自己的耳光。等他擦完，他想看看她眼睛有没有红，否则，让她爹娘发现、问起来不好。

“看什么看，还没看够啊！”她气哼哼地推开他，转身往村里的方向走去。小六不敢回嘴，推上车子，阿五不肯上车，小六好说歹说，半拉半抱着把她弄上车。这次，他可不敢造次了，没骑车，只是小心翼翼地驮着她，像驮了件宝贝似的，半路上两人都没有说话。

纸终究包不住火。不久，村里有人传言小六跟阿五在谈对象。小六爹娘倒不觉得什么，仔细想想，倒觉得自己儿子眼睛贼亮：阿五聪明读书好，要模样有模样，要多能干有多能干，要是将来有一天她考上了大学，他们儿子还高攀不起呢。他们倒没有怎么责骂儿子。

倒是阿五爹、我堂叔差一点儿要动手打人，她娘、我婶也帮腔起劲责骂她，家里甚至连警告带威胁：要是再跟那浑小子来往，就打断阿五的腿，不再供她上学读高中。阿五知道，打断腿是决不会的，不再供她上学那倒是实实在在的。

从此，两人再也不敢见面了，只是学校毕业典礼后，小六想着阿五也该放暑假了，去路上等了好几次，没别的意思，就想帮阿五把她在学校里的被褥行李驮回家。有一次看到她姐夫帮她挑着东西回了家，他这才作罢。

六

小六职高毕业了，没找到工作，一直待在家里，帮家里干点儿不轻不重的农活儿。阿五下半年要念高二了，放假回家放下书包就去地里割草，在暑假里她可一天都没有休息过。

农村里一个庄上的大人小孩儿、男男女女之间爱开个玩笑，你打他一下、他骂你一句的，透着一种亲近、一种友善。尤其是那些青春年少、精力旺盛的男男女女们，特别爱相互之间推推搡搡地闹，嘻嘻哈哈地乐，对像阿五那种长得水灵、惹人爱怜的，人们更是会和她开玩笑、闹着乐。

一天晚饭过后，村里的老老小小们又开始集中在村部办公室门口、屋檐下，这里是平常公众集聚场地，小六也混在一群小子中间，大家远远地看到阿五她们四五个小姑娘叽叽喳喳地边说着什么，边走了过来。

因为平时数小六鬼点子多，大家怂恿他，让想办法捉弄捉弄那些女孩子，尤其对阿五，大家不是说她与小六在谈对象嘛。人们就打趣道："小六，你老婆来了！"

小六涨红了脸，急忙分辩："哪里啊！都不要瞎说哦！"尽管他嘴上这样在说，可心里早痒痒的了，再被大家一激，更来劲儿了。他看到屋檐下人家堆放着削毛竹筷子的粗料，短短的、细细的，像竹签，他就俯身随手抓起一把，像令箭一样拿在手里，过来一个女孩子就直直地丢过去一支，"不幸"被丢中的女孩儿就笑骂着跑了开去，看热闹的人们一阵大笑。

这时，阿五过来了，果然像大家说的那样，她马上羞红了脸，眯眯笑了，还有意无意地回看了一眼小六等众人，人们纷纷朝小六挤眉弄眼：阿五果然对小六有意思嘛。

小六拿着一根小竹签，手停在半空中，人们又使坏起哄，他心一横，对准阿五使劲儿扔了过去，阿五一抬头，惨了！竹签刚刚射到她的右边眼睛里。

一声惨叫，竹签掉在地上，阿五连忙捂住眼睛，蹲下身，血从手指缝间流了出来。那群坏小子一哄而散，只剩下了脸吓得刷白的小六，呆若木鸡地站在那里……

医生诊断的结果是，阿五的右边眼睛被竹签击伤，视力几近为零，差不多瞎了，还留下个看起来很明显的不大不小的白色斑点，算是破了相。

小六家里连连赔罪、好话说尽，包揽了阿五的医药费，阿五外出去大城市医院检查，小六家里还派他几个姐夫轮流陪同。

七

小六家里这边，他爹一向老实巴交，从不惹是生非，是村上有名的老实人，这回发生了这样天大的事，一方面吓的，另一方面气的，更有十分心疼钱的缘故，他不再把家里的独苗儿子当宝贝了，真的是下了狠手，把他紧紧捆绑在地上，不管他娘呼天抢地护着拦着，结结实实地把小六痛打了一顿。

小六知道自己闯大祸了，倒也有男子汉气概，咬着牙愣是连哼都不哼一声，事后，疼得躺在床上快起不来，渴了、饿了就是不让他娘把吃的、喝的送到房里去，自己强撑着起床慢慢走出来。

阿五家里这边，跟小六家不对路的人，撺掇着她爹即我堂叔，说是要帮阿五讨回公道，应该去上告，把小六关进去坐牢，其实是拘留的意思吧。小六闻讯，吓得躲在家里不敢出来，他家人也跟着在村子里抬不起头。

那时候，我爹在村里当支书，堂叔和那些人来我家商量怎么去上告。爹沉思了一会儿，长长地吐出了一口烟："都是抬头不见低头见的，小六又不是十恶不赦，倘若被抓去了人生留个污点，他一辈子还不给毁了，你们又有什么好处啊？"

旁边人大多点头称是，但还有人心有不甘："那就这样算了？便宜他们啦！"

我爹把眼一瞪："你还想咋地？自己的屁股还没擦干净呢，上次你打人还没找你算账来！"那人吓得马上缩回了头。

送走他们后，当天晚上，我爹把两家人都叫到了一块儿，把小六爹娘狠狠地骂了一顿，责怪他们平时惯养儿子、管教不严。

我爹回头又劝慰着他堂弟、我堂叔："小六也不是故意要这样的，念他还小，做事不知道轻重，就饶了他这一次吧。"

之后我爹又当着大伙儿的面教育道："远亲不如近邻。今后两家人还是要客客气气，一个村子里的人还能结下深仇大恨？”

在场的人都由衷地附和：“说得是，说得是，以后小六更要好好对待人家。”

这时，小六在他小姐姐的指点下走出来，站到我堂叔面前，“扑通”一声跪在地上，“咚、咚、咚”连磕三个响头：“叔，对不起啊，饶了我吧！”

面对小六的这个突然举动，我堂叔不知所措地搓着双手，无可奈何地长叹了一声：“哎！”

小六又把头转向阿五：“阿五妹妹，你出出气，打我骂我吧，我下次再也不敢了！”

阿五的眼睛蒙着白色绷带，她又羞又气，刚把手伸出去，又不由自主地捧住了自己的眼，转身伤心起来，我叔、我爹赶紧心疼地一个搂着一个护着。

众人都七嘴八舌，一边宽慰着阿五，一边责备着小六。有人又好气又好笑地骂小六：“你小子还想有下次啊？这次不但要你赔钱，阿五这辈子以后要靠你来养！”

小六毕竟年纪还小，不假思索、不知轻重地冲口而出：“养就养，只要不让我去坐牢。”

他小姐姐哭笑不得地打了他一下：“不要脸！你自己还养不活自己呢，人家阿五妹妹怎么会稀罕你啦。”

阿五又气又羞又急地骂道：“呸！谁要你来养啊，不知羞！”

后来，还是有人把事情捅到了派出所，派出所来村里进行了调查。我爹赔着笑脸，一边递上平时自己舍不得抽的上游牌香烟，一边让人赶紧倒茶，说起那件小六伤害阿五眼睛的事，他轻描淡写地打着哈哈：“哦哦，那个事啊，都是小孩子家互相打闹着玩，不小心弄到了眼睛里。现在呢，村里也做了处理，钱也赔了，都还是不懂事的小孩子，还能把他咋的，能过去就过去了吧。”最后，这事总算没有继续追究下去。

八

自从经历过那件事后，小六好像突然长大成熟了许多。不知道是他小姐姐教的，还是他自己想的，几天后的一大早，他来到我家，先是对着我爹磕了个头：“大伯，让您费心了，知道您在为我挡着，您的大恩大德我永生永世不会忘记的！我今天要出去打工了，不混出个人样决不回来见你们。”

临了，他把我拉到一边：“刚才我去找阿五妹妹了，她不理我，这不怪她，是我有愧于她。你有空帮我劝劝她，告诉她，我会一辈子记着、欠着她的。”

小六就这样外出打工去了，一去就是三年，过年过节都没有回家来。暑假过去后，阿五配了副眼镜，继续去上学，因为一只眼睛瞎了，高考体检也通不过，家里条件不允许，再没有复读，毕业后去了镇上一家企业上班。

小六把打工第一个月的120元工资直接汇给了阿五，阿五交给了我堂叔，我堂叔又带给了小六爹。两家人本来平时就客客气气的，出了这档子事都有点儿尴尬，两个大人把汇单推来推去的，都不肯收下。小六爹一时没了主意，只得来找我爹。

我爹拿着单子，对着小六爹说：“这单子是要过期的，还是你们去邮局拿了来，顺便去街上给阿五买双好点儿的皮鞋吧。”

我爹又对着我堂叔说：“浪子回头金不换，难得小六的一片心意，给阿五说说，还是收了吧。”这件事情才算了结。

每逢过年，小六都会汇钱给自家小姐姐，托她给阿五家里买点儿烟酒之类的东西，也给阿五买点儿女孩子喜欢的礼物。我堂叔家、阿五总是不肯收，两家推来推去的，还是旁人说和，堂叔家才少量地象征性地每次收一点儿。

应当说，到了这个时候，那件事情慢慢地就被遗忘了，两家这个坎儿算是慢慢地迈过去了。

第四年小六从外面回来，利用打工积蓄的钱和学得的技术，开始在镇上办起了一家灯具厂，雇了四五个人帮忙。小六知道阿五也在镇上上班，自己不好出面，就催自家娘去跟阿五娘说说，让阿五来自己厂里。

他教着娘说：“咱欠着人家的，要说是让人家来帮忙的，不要说来上班；再说，来我厂里还是去别人厂里，都是一样打工挣钱的嘛！”

他娘笑骂道：“我这么大年纪了，连这个也要你教啊？有本事你自己去，直接给阿五说去。”小六连连给娘作揖求饶。

他娘见了阿五娘、我婶，兜了一大个圈子，把小六的意思说了。我婶笑着夸赞道：“这几年小六是越来越懂事，越来越有出息了，谢谢他的一片好意，我会给阿五说的。”但以后一直都没有下文，大概算是委婉谢绝了。

小六的厂慢慢地发展起来了，做工的人一直稳定在二十几个。他在厂里存心留着一个会计的岗位，知道还是姐妹之间好说话，他就催自家小姐姐去跟阿五说说，让她来自己厂里“帮忙”。

小姐姐也知道弟弟有补偿报恩的想法，就直接去找了阿五。阿五显得为难地说：“姐，我在人家厂里上班上得好好的，一下不去了人家会有想法的，这件事以后再说吧。”

九

小六有二十三四岁了，在农村里到了该谈婚论嫁的年龄，家里有来提亲的人了，他都一口回绝。被逼急了，他要么说年纪还小、慢慢来，要么回复已经有了、正在谈，问他是哪里的，他就回答说是镇上的。

小六在外面打工的时候，确实有一个镇上的女同学在追他，直到现在两人都还在联系呢，可他一直都没有答应人家，天晓得他心里想的是什么。

阿五现在出落得更加漂亮了，大家都说她身材像柳枝，是村里的一枝花，美中不足的只是可惜了右眼……知道情况的，都怜惜地摇摇头，为阿五叹息一声。

有人开始揣测小六是不是在等待什么，不会是想娶阿五吧。还是小姐姐理解弟弟，她捅破了这层窗户纸，问他：“你不答应那个女同学，是不是在等阿五妹妹？”弟弟红着脸点了点头。

“你心眼儿尖，阿五是个能干的好妹子，按说你们俩也是很般配的，要是娶了她，也是我们家的福分呢。”小姐姐由衷赞叹，一转念，“要是人家不愿意呢，那也是你、我们家里的一厢情愿吧。”

“只要她一天不出嫁，我就等她一天！”弟弟这一回语气坚定地回答。

小姐姐不由叹口气：“有机会我去问问她爹吧。”

农村里的人结婚早，尤其是女孩子，我堂叔有点儿杞人忧天，怕阿五因为眼睛的原因嫁不出去，到处托人做媒。阿五都一一回绝了，还怪爹多事，好像女儿没人要，会臭在家里似的。

他爹这次倒不封建，问她："你是不是自己心里有了？有的话，你也早点儿给我们说说，家里人好给你参谋参谋。"

没等阿五回答，娘凑过来问："你有没有看上小六啦？外面有人在传，说小六在等你呢。"

"娘——"阿五嗔怪一声。

她爹心有不甘地说："就他？还要说来，都是他害的呢。前几天他小姐姐也来我这里试探了，我拉不下脸，就推说阿五已经有人了。"

"我说你们都不要咸吃萝卜淡操心了吧，我自己的事情自己会弄好的，不用你们管。"阿五烦死了。她爹娘拿她没办法。

不久，听说有个跟阿五一起上班的小伙子在追求她。堂叔托人打听了一下，那人回话说：小伙子家就在隔壁村，上有一个哥下有一个弟，他是中间老二，长得不错，老实厚道；家庭条件还可以，有四间新建的高平房，父母已经给兄弟三人分了家，一人一间，结婚以后各顾各的。

爹娘觉得这样的人家很不错，催促女儿赶快答应下来。阿五犹豫不决，说实话，她对小六不是没有考虑过，要是没有那档子事，她爹娘和她估计会答应的。现在也只能这样想想、估计估计了。她禁不住爹娘的催促、小伙子的追求，以及小伙子家里派来的媒人的不断说合，终于答应下来了。

听到这个消息，小六还是鼓起勇气自己去找了一次阿五。阿五红了脸，扭扭捏捏好半天，才嘟嘟囔囔地说："不是说你已经有人了啊，再说你自己又没有亲自来找过我，都是被你害的嘛，恨死人了！”

阿五高高兴兴出嫁那一天，小六躲出去撕心裂肺地大哭了一场，到镇上去喝了酒，直到吐了为止。不久，他跟那个女同学结了婚。

一年多后，阿五生了个大胖小子，小孩满月剃头，我们家里也去喝了喜酒。正在一家人开开心心过日子的时候，天有不测风云。一天，她老公下班路过水库，为抢救附近村庄落水的一个儿童，不幸溺水身亡了。阿五哭得死去活来，镇里发慰问金进行了表彰，村里也组织人上门看望，小六带头并发动身边的几个企业主进行了捐款慰问。

小六结婚后，因为老婆家里就她一个囡，上面有哥儿几个，都宠着她，以前曾经外出打工，见过世面，爱打扮，只顾自己疯玩儿，在外面乱跑，不会做家务，不会过日子。

爹娘起先只在小六面前唠唠叨叨，还不时地拿阿五的贤惠顾家来比较，小六两边不好得罪，两边受气，落得自己里外不是人，后来小夫妻俩开始经常吵吵闹闹，不久也连累上了爹娘，婆媳之间也时有争吵，再是姑娘弟媳之间开始也有了矛盾。最关键的是，两人结婚两年多了，还没见有孩子生下来，这在小六爹娘看来，是最“要命”的事。媳妇经过了一吵二闹三回娘家这三招后，终于过不下去了，两人就协议分了手。

十

阿五一个人带着幼小的孩子，独自艰难地生活着。都说儿女是爹娘的心头肉，怕阿五寂寞孤单，她爹娘常常把她接回家里来住。

小六家里自然知道这些事，阿五第一次回娘家住的时候，他娘早买了水果去看望了，小六又托小姐姐给小男孩买了套衣服。小姐姐很操心弟弟的个人问题，一次，忍不住贴心地问他："你离了，阿五妹妹的那人走了，你们两人现在都单身，你对她还有意思吗？"

"只要她愿意，随便什么时候，我也等着她的！"弟弟态度还是十分坚决。

小姐姐知道了弟弟的心，两人商议着。"且等过一段时间，等阿五妹妹慢慢走出阴影，再提这件事吧。"姐姐缓缓地说。

"反正咱还亏欠着人家的。"弟弟又掩饰似的补上一句。

阿五一人带孩子生活，着实不方便，一会儿孩子发热，一会儿孩子咳嗽，常常要向厂里请假，上班是三天打鱼两天晒网，时间长了，老板有话头，几次以后，阿五愤然辞职回了家。

知道这个情况后，小六又托小姐姐去邀阿五来自己厂里上班，又通过他娘，几次三番给她娘、我婶去做工作。阿五一直都没有松口答应，直到大半年后儿子上了幼儿园，不用在家照顾了，才同意过来上班。

小六安排阿五做厂里的会计，这个位置本来就留给她的，可以轻松点儿，不像别的岗位那么劳累，也方便她上下班接送儿子。有月底、年末做账忙的时候，她忙不过来，小六就骑着摩托车送阿五去幼儿园接送儿子，再后来，小六路过幼儿园、顺便的时候帮她把儿子带了回来，有几次她实在走不开，小六直接骑车去幼儿园接了她儿子回厂里。

十一

小六有客户来往，晚上要出去应酬，阿五这个会计要帮着去安排，等客人入座后，她就回家照顾孩子。小六为人豪爽，往往客人还没喝完，他就干了，经常喝得一塌糊涂。朋友知道他的心事，好心地想帮着凑合他和阿五的事。

有一次，他又喝醉酒了，朋友就打电话给阿五，让她过来把小六弄走。阿五觉得孤男寡女的，这样不太好，一口回绝了。朋友就推说让她来酒店结账，阿五没办法，安顿好儿子，马上赶过去，等她到了那里，才知道朋友已经买了单，只剩下躺在沙发上呼呼大睡的小六。

阿五明知上当，但也懂朋友的好心，她怕有人说闲话，想要不管立即离开吧，不妥当，放心不下，思来想去，只得叫服务员端来面盆，帮小六洗脸，洗完脸又端水喂他，直到他醒来自己能够回去。

有了第一回，小六似乎尝到了"甜头"，就耍花枪真醉假醉，每次通通让朋友打电话，要么来"买单"要么去"领人"。阿五有点儿无奈，好几次想不过来，但毕竟小六在帮着自己，况且又是自己老板，于公于私都是说得过去的，时间长了，她也想通了。

每次她过来，都不怎么主动跟小六说话，像完成任务似的完了就走，只是有一次，儿子哭着闹着也要跟来，她心情烦躁，威胁小六："下次你再这样，我就不来了！"

小六借酒兴去拉她的手，涎着脸皮说："要是你嫁给我，我就不这样了。”阿五一生气转身走了，小六一下清醒过来，吓得赶紧追上去赔不是。

小六有时候陪客人搓麻将玩玩，还要故意输钱给客户，手头没现金了，问会计阿五要钱，阿五不好意思直接劝说，一翻眼皮，推说现在没钱，钱在银行里。小六心里明白，只好无奈地摇摇头，不敢硬来。

有了喝醉酒让阿五来领人的经历，小六又耍把戏，出去搓麻将的时候，推说自己身上带钱不多，如法炮制，让阿五带现金去他搓麻将的地方，帮他付款结账。她想劝，说不出口，索性打起了太极，要么推说白天银行里取钱不方便，要么推说自己家里有事来不了。

有一次，阿五给来厂里的小六小姐姐反映，也算是告状吧。小姐姐看着她，意味深长地说：“是该有个人管管他，可爹娘年纪大了，倒要人管了；我们做姐姐的，自己家里的事情都管不过来呢。”

小姐姐直接挑明了话，笑眯眯地说：“阿五妹妹，你这么关心他，要不你帮我们来管管他？反正他心里就只有你呢！”

阿五一下羞红了脸，借口有事急匆匆走了。

十二

其实，小六、小六家里人的心思她怎么会不知道啊！她一个人静思的时候也不是没想过：要是结婚以前，两人条件差不多，再说眼睛还是你小六害的呢。可现在不一样了，虽然都曾经结过婚，但他没有拖累，她却有儿子。眼前像小六这样的年纪、人品、条件，人家就是黄花大闺女也会倒贴上门，他吃香着呢！

当然，如果要说阿五不愿意嫁过去，那也不是，小六仗义、善良、心眼儿好，对她、对她家真心实意好，不找这样的人找哪样的呢。

在儿子离婚后，小六父母包括要好兄弟朋友，张罗过给他找对象，小六都没有答应，大家看出来了，知道了小六只对阿五一个人好。

小六爹娘起先觉得阿五带个小孩儿过来，感觉自己家里有点儿“吃亏”，后来看看儿子都铁了心，再加上他小姐姐的不断游说，思想很快转过了弯，不再说什么了，只求早点儿抱孙子，早点儿传宗接代。

我堂叔那边，早在阿五去小六厂里上班那会儿，老两口就合计了：小六不像小时候做事鲁莽，现在人大变好了，又聪明能干、真诚踏实，他们还能有啥意见？找这样的女婿准没错。

眼看只剩下阿五本人这个“堡垒”了，小六想到了我爹，他鼓动着小姐姐，小姐姐又催促着爹娘，一起来我家找我爹，让给说和说和。这时候，我爹已经从村支书的岗位上退下来了，但在村里的威信还是蛮高的，我堂叔一家一直很听他的。

我爹又一次召集两家人，要给小六、阿五做大媒。小六把他的红塔山香烟分了一圈儿又一圈儿，有不抽烟的也硬分上一支。有人逗趣他：“小六啊，新郎官还没做呢，干吗分烟分得那么积极啦?”

小六大言不惭、自作主张地说：“反正是迟早的事情……”看到阿五过来，怕惹恼了她，赶紧识趣地闭嘴。阿五在她姐姐的拉拉扯扯下最后一个来到。

这时，我爹干咳一声：“阿五啊，你也老大不小了，独自带个孩子辛苦，还是再找个人，成个家吧。”

阿五“嗯”了一声，顺从地点点头。

我爹继续说：“这些年，我看小六人不错，他等你好久了，你今天就当着大家的面，说说对他有什么想法、要求吧?”

众人都把目光对准了她，阿五不再不好意思，十分平静地说：“大伯，我还能有什么想法？自己觉得条件比不上他嘛，要说对小六的要求，我也没什么，反正人是靠自己做的。”

“那你算是答应了?”我爹追问一句。

阿五环顾了一下大家，说：“承您和各位的关心，我听你们大家的！”

小六想不到阿五答应得这么痛快，有点儿反应不过来，在小姐姐的示意下，他赶紧拿出个小礼盒，从里面取出了一枚黄灿灿的金戒指，却让小姐姐递过去，小姐姐对他翻了一下白眼儿，不接。

这时，有赶时髦的起哄：“小六啊，心诚一点儿嘛，下跪求亲吧！”

大家推推搡搡把两个人拉在一起，小六不再难为情了，真的向阿五单膝下跪，真诚地说：“阿五妹妹，你嫁给我吧，以前我对不起你，以后我一定好好照顾你，还有你儿子！”

众人一番感动，有嗔怪小六这么久了还记得以前的事的，有更多的人催促着阿五赶紧答应，说是过了这村就没那店了。阿五还没等小六说完话，转过身抹起了眼泪。人们热心地催促小六赶快把戒指给人家戴好，再三叮嘱把戒指戴得牢一点儿，不要让阿五跑了。

十三

小六、阿五结婚的喜酒我们全家人都去喝了，我爹坐在双方家长一桌的主位上。小六爹娘不停地念叨着我爹的好："当年要没有您老书记，咱小六的前程早毁了，这次又是您老亲自出马，劝和了两人的姻缘。"阿五父母、我堂叔他们也一直在旁边帮腔，点头称是。

两老亲家也有讲不完的知心话、亲热话，讲了不够就相互敬酒。小六爹先喝多了，居然在新娘子阿五来敬酒的时候，向现在的儿媳妇要喜烟喜糖；阿五爹、我堂叔呢，也一样开心喝高了，不是要新郎官小六来敬酒，就是要跟现在的女婿小六行令猜拳，惹得全场的人都围过来看热闹，成为村里人的笑谈、美谈。

婚后，小六、阿五两人互敬互爱，小六对阿五言听计从，主动向老婆"立法三章"：不抽烟，少喝酒，少搓麻将。待阿五带来的儿子如己出，为了方便儿子上学，两人一起贷款在镇上买了套房。

小六父母本来对阿五带来的儿子还有些隔膜，但看到孩子天真无邪地"爷爷""奶奶"叫着，一下拉近了距离，再说孙子住在镇上不常回来，只是节假日过来走走玩玩。时不时地有孩子来，两人感觉家里平添了许多生气，老年日子充实了不少。阿五父母当然开心，小六"爹啊、娘啊"的嘴巴叫得亲、叫得勤，节前节后的除了买礼物，还让阿五回来给两家父母带点儿小菜、水果什么的。

一年后，他们又生了个儿子，把两家人高兴的，小六爹娘逢人说"阿五贤惠"，阿五父母逢人说"小六能干"。小六父母本来还放不下家里的那些农作物，这一下，干脆荒了田间地头，隔三岔五骑着三轮自行车，去镇上看看他们的宝贝孙子。

家里两个儿子渐渐大了，经济条件好了，小六特意陪阿五去上海配换了副金丝边夹鼻眼镜。戴上它，配上精致的五官、白皙的脸庞，阿五看起来更年轻精神，更清秀标致了。

不想，两年以后，两人又出了一档幺蛾子事。原来，小六、阿五违反计划生育，东躲西藏偷偷生下了一个女儿。我爹还以为是自己当村支书那阵子，看到小六爹娘就责怪，说肯定是他们老两口的主意。

其实，这倒冤枉了他们，与两老关系还不大。照小六对阿五的说辞，两人现在已经有了两个儿子，少了个女儿是个缺陷。他死缠烂打地让阿五再生一个，还振振有词其美名曰：要还她一个完整的五妹子。阿五拗不过他。

就在女儿平安落地那一天，小六兴冲冲来到镇政府计生办，还没等到人家工作人员开口，就痛痛快快地从拎包里，双手捧出了现金，那神情仿佛他不是来缴罚款的，而是来领奖金的。

屈指算来，那女儿今年也有十八岁了，长得亭亭玉立的，好像是跟阿五一个模子里刻出来的，众人都说像阿五少女时候的俊模样。两人的儿子比女儿大三岁，今年二十一了。先前阿五的大儿子也有二十六了，长得英俊潇洒、高高大大，人家都说他把故去的爹和阿五两人的优点都吸收了，前年他找了个女朋友，是幼儿园里的老师，这次要结婚喝喜酒的就是他，真是好人有好报啊！

真所谓“幸福的爱情往往是相同的，曲折的爱情各有各的不同”哈。作为过来人，我们目睹了小六、阿五他们的事情，不禁感慨万千。这不，他们的电话又来了……

（2021 年 6 月 20 日）

夜 赠

阿益从城里学徒满师归来，想出去自己单独做生意，可是家里没有钱，上次的拜师钱已是倾全家所有，这次做本的银子该去哪里借呢？

夜里，他与娘掰着指头，算遍所有亲戚，只有小舅家才有钱，可惜小舅是个有名的“门槛精”“吝啬鬼”。娘俩商量来商量去，直到天色渐明，才下定决心——第二天阿益去小舅家碰碰运气。

阿益起了个大早，路上走得磨磨蹭蹭，走一路停一停，平时翻过山就到的路程，他走了大半天，近晌午才到。

小舅和小舅妈有点儿冷淡，不过场面上还是说得过去，招呼他过来一起吃饭。大表哥转身去拿了一双筷子，还把桌上最好的菜——一碗蛋羹移到他面前。家里其他人仿佛知道阿益来意似的，都低着头吃，闷声不响。阿益几次鼓起勇气想引出话题，可实在没敢，那情景像极了“方卿见姑娘”的时候。

倒是大表哥主动问起了阿益妈即他姑和阿益学徒的情况，见他不动调羹夹菜，就不时地从蛋羹里舀上一勺，倒在阿益碗里，尽管阿益推辞再三。

饭后，阿益几次想向小舅开口，但还是开不了口，见大表哥去山上砍柴，他也赶紧在大门后找了一把柴刀跟上。

来到山上，阿益轻松了许多，两老表说了不少知心话，大表哥见阿益有心事，贴心地询问他，阿益才支支吾吾地把自己学徒归来想借钱做生意的事情告诉了大表哥。

大表哥没说话，其实他也猜中了几分，过了一会儿，他才缓缓地说："你也知道我爹、你小舅的个性，估计他不会肯借银子给你。"

阿益点点头："就是因为这个，我才一直张不了口。"

"唉——"阿益深深地叹了一口气。

太阳快下山的时候，两老表各人挑着一担柴回到家。阿益放下担子，见到小舅，再试着张了几下口，最后却变成了："小舅、小舅妈，我要回去了。"

小舅妈回了一句："吃了晚饭再走吧。"

阿益见小舅妈客气，像抓住了一根救命稻草，鼓起勇气，对走向家门的小舅说："小舅、小舅妈，我想自己去做生意，向你们家借点儿银子，好吗？"

小舅装作没听见，背起双手自顾自进了屋里，小舅妈讪笑着说："哎哟，阿益啊，不巧，你小舅前天刚刚把银子借出去，你要是早点儿来就好了——"

阿益知道了言下之意，脸一红头一低，赶紧告辞，一转身，想到还没有给大表哥说一声，就补了一句："大表哥，我走了。"

大表哥刚刚人还在的，这会儿也不知去了哪里，阿益顾不得大表哥听到了没有，头也不回地走了。

在回家的山路上，阿益不由自主地暗暗流下了眼泪，爬上山顶，见路两边有几块供行人歇脚的大石头，他找了一边上的石头坐下，一个人默默地想了一会儿心事，看看天色已晚，想到娘还在眼巴巴地等他，起身要走。

不想，朦朦胧胧看到对面大石头上好像有什么东西放着，过去弯腰一摸，好像还有两个，捡起来一看，居然是两锭银子，大约有十两！

自己刚想睡觉，居然有枕头送了过来！但他首先想到的是这一定是有人不小心掉下来的，那人一定急坏了！他不得不饿着肚子，静静地守候在大石头旁边。

时间已经过了大半夜，没有人来找寻银子，阿益只得回到家里，娘还在等他，饭菜已经热了三四次。阿益边吃饭，边把如何在小舅家借钱、跟大表哥去砍柴，尤其是在山顶石头上捡到银子的事情，统统给娘说了一遍。

娘静静地听完，只是点了点头，不过，她马上说："那个丢银子的人一定急死了，咱穷归穷，可不能要这种不义之财，你明天赶紧去老地方守着，看人家有没有回来找。"

阿益孝顺地答应了一声。第二天，天刚蒙蒙亮，阿益就起来，在腰上别好柴刀，带上娘给他准备的冷饭包，边走边吃，往山岭上赶。在山顶大石头附近，他一边砍柴，一边观察路上的行人，随时准备把银子还给人家。

山路上来来往往的人倒不少，却没有像丢了银子返回来找寻的，一直到阿益打足一担柴，等到天黑透了，还是没有失主前来认领。

一连三天，阿益没有等到银子的主人。

这样下去也不是办法啊！阿益娘俩儿又商量了半天。第四天一早，娘就跟着阿益来到山顶，把两锭银子端放在大石头上的老位置上，娘俩儿焚香跪倒在前，娘说一句，阿益跟一句：

“苍天在上，我家阿益前几天在这里捡到银子，等了三天没有等到失主，没办法只能自己留着，阿益做生意正缺本钱，暂时留作自用，待日后发达，必修桥铺路，在此地建个凉亭，敬请各路神灵明鉴！”

娘俩儿祷告毕，再磕三个响头，回家，阿益择个吉日，怀揣两锭银子，出门做生意去了。

几年以后，阿益发达了，他和娘始终不忘前言，有一年年底，娘俩儿一起再次来到山顶，焚香跪倒，祷告一番，说要在这里开建凉亭，好供行人歇脚。

回村路上，阿益听娘说起，村里一条大石桥年久失修需要修补了，他赶紧答应出资。

回家与泥水匠合计，这两项工程都需要石料，阿益准备雇人去采买石料，待来年开春后一并开工。

赶明，大表哥来家了。原来，他听说表弟阿益要修桥、建凉亭，需要用石料，而自家也在经营着一个石料场——他是来兜生意的。

阿益没有忘记大表哥曾经给予自己的情义，连忙命人杀鸡摆酒，酒过三巡，两老表脸上泛红了，特别是大表哥，话有点儿多了，他干完一大盅酒，带着诡秘神情，问阿益：“表弟，那年你想做生意来我家借钱，我爹不肯，后来你起家的银子是从哪里来的啊？”

说完，他还得意地一脸坏笑。阿益不解：“我捡到的啊！”接着，便把自己当年在山顶上幸运地捡到银子的事情，一五一十很坦然地告诉了大表哥。当然，这个话只有对大表哥才说的，对别人他可从来没说起过。

大表哥哈哈大笑："捡来的？世上哪有这样碰巧的好事！"

"怎么？你知道啊？"阿益一脸茫然。

"那是我从自己家里偷来，放在大石头上的，当时我就躲在附近等着你来，看你过来捡起，我才走开。"

"我爹你小舅舅发现自家屋里银子被人偷去了，心疼得在床上躺了好几天呢！"大表哥又补上一句。

（2021年11月18日）

Chapter 02

丝丝乡恋

小摊贩

晚饭后，我牵着女儿的手，上街散步。街上人真多，也真热闹，单说那些做小生意的，白天不见踪迹的小商小贩，这时像忽然一下子从地下冒出来似的，占据了路灯下、街道角的位置，卖的东西五花八门，有穿的、吃的、用的，可谓应有尽有。

女儿觉得很新鲜好玩，东张张、西望望，她放下我的手，顾自跑到前面去了。前面有一个玩具摊，摆放着洋娃娃、布小狗、绒猴子、塑料小白兔等，旁边还放着几本儿童画报之类的小人书，玩具不多。摆摊的是个小姑娘，大概十五六岁的样子，圆圆的脸，梳着马尾辫子，穿着一套蓝色运动服，还戴副眼镜。女儿蹲在那里翻看几个布娃娃。

“叔叔，给小妹妹买个布娃娃吧。”那女孩见我走过去，指着我女儿手中的布娃娃笑嘻嘻地说。

“多少钱一个？这洋娃娃好像是用过的。”我接过女儿递上来的洋娃娃说。

“是我用过的，有些脏了。”小女孩说。

“这些玩具不是挺好玩的吗？你怎么不要了？”我随口问道。

“我……我当然舍不得，不过……我还是想把它们卖了。”女孩支支吾吾，好像出卖这些玩具有点儿迫不得已。

我知道，现在也有人把自家孩子原来用过、现在不要了的东西拿到街上来卖的，可这位小摊主却卖自己喜爱的玩具，况且她大人也不在。

“那你爸爸妈妈呢？他们怎么不来帮你卖？”我自知多嘴，但还是忍不住想问。

她顿时忸怩起来，我见状也赶紧住嘴，掏出50元钱准备买女儿挑选的这个洋娃娃。小姑娘接过钱，价格是40元，找给我10元钱。

这时，她突然兴奋地冲街上一骑三轮车的中年男子喊：“爸爸——”

那男子放慢车速，见我在买她女儿的东西，朝我笑笑又点点头。他向女儿招招手：“妞妞，你快点儿卖，等会儿爸爸来接你。”

“哎——”这边女儿甜甜地回了一声。

“这是你爸爸？”我望着中年男子远去的坚实的背影，不知怎么想起了朱自清的《背影》。

“嗯，他下岗了，市里向下岗工人出租三轮车，他也租了一辆，踏起了三轮车，生意还不错。”小姑娘显然带着见到她爸爸后的余兴，不觉话也多了起来。

“那你家里困难吗？你妈妈呢？”想到现在有些下岗职工家庭生活相当困难，我试探着问。

“家里还可以吧，我妈妈也下岗了，最近她又生病了。”她的情绪有些低落。

“于是你就来卖这些玩具？”我寻根究底地问。

“不全是，我觉得自己大了，也该为家里做些什么了。当然卖了也可以为家里做些贴补。”她显得有些不好意思。

“哦，你不要找我钱了。”我被小姑娘的行为感动了，觉得该为她做点儿什么，递上她刚才找我的钱。

“不！叔叔，这布娃娃买来时也才50元。”小姑娘的脸一下涨红了，她挡住了我的手。

“你拿着吧，反正这娃娃也没准价，别客气。”我诚心诚意地说，又把钱递过去。

“谢谢叔叔，现在大家够照顾我们的了。我念书，学校里给减免；妈下岗，街道又帮着给找工作；爸现在又在市里的帮助下蹬上了三轮车。反正困难总会过去的，我们会好起来的！”

面对这么个懂事的小姑娘，我觉得再说什么也是多余的了。父女俩走在回家的路上，我的眼前不时闪现着那位诚实、善良、自强、自信的小女孩的身影，和她爸爸坚实的铁塔般的背影，我口中默念着小姑娘的话：“困难会过去的，我们会好起来的！”

（1998年12月22日）

引娣儿

引娣儿是个女孩子，那年高考名落孙山了。考不上大学，对别的农家子女来说，也许只有走“面向黄土背朝天”这一条路子，可对引娣儿来说那岂不是白白浪费了她98%的“回头率”(不知为何，她走在路上常赢得人们的回头一“看”)？她倒没怎么把这件事放在心上，只是不停脚地跑进跑出，不晓得干些什么名堂。怕事的父母急着想着要替她找“主儿”，好笼住女儿的心。

于是，老王家托人婉言相告有做“亲家”的念头，斜对门的小子有事没事也总爱到她家里来。可引娣儿呢，不喜不恼，长发一摆，有意没意地哼首歌：“轻轻地我将离开你……”她的心高着呢。

果然不久，引娣儿通过同学在城里找了个地方，做起了时装生意。几个月后，她提着大包小包回了一趟家。这在老实巴交的村民中间引起了轩然大波，人们以为引娣儿走上了“十商九奸”的邪路，一面杞人忧天地替她“可惜”，一面对也在蠢蠢欲动的子女们进行以“人家引娣儿”为反面教材的教育。而引娣儿的父母觉得“女大不随母”，对她也无可奈何，只好听之任之。

有一天，引娣儿带来了一位眉清目秀的“野男人”，据说当初帮助引娣儿的就是他——引娣儿的高中同学，惹得村人指指点点。之后引娣儿又“引”来过一位小伙子。因此有人疑心，更有甚者说引娣儿做的是一种“皮肉生意”。

说得最起劲、最为推波助澜的是小王家及“斜对门的”，大概是因为吃不到葡萄而说葡萄酸的缘故吧。引娣儿呢，毫不忸怩地一挺胸，理直气壮地说：“我在外做生意，要结识朋友，又没做见不得人的勾当！不信？去打听打听，看看我‘五好个体户’的奖状。”

日子久了，人们关于引娣儿的话题转移了。接着，小王和“斜对门的”也跑出去做起了生意，也大包小包地往家里搬，再没人说三道四的了，只有默认甚至是钦羡。之后，大批的山民也不再安稳了，纷纷出去，许多女儿家还靠的是引娣儿的关系。引娣儿此时已搞起了更大的批发买卖。

现在，人们都开始忙于进进出出，仿佛“赶趟儿”似的出去挣钱。那些过去曾“指点”过引娣儿的父母，现在情不自禁地对足不出户的儿女们说：“瞧！人家引娣儿那能干闺女……”

（1994 年 7 月 14 日）

卖橘女

“橘子买伐？橘子，新鲜的橘子，又香又甜！”清脆、悠长动听的叫卖声从小弄深处传来，飘进一家家院子，亲切地招呼着人们。

“喂！小姑娘，我买橘子。”我急急忙忙地从屋里追出来，朝院墙门口喊了一声。话音刚落，橘子担子的一头已经进了院子，卖橘子的是个女孩子，年纪不过十七八岁，她上着鲜红的滑雪衫，下穿崭新的中长裤和一双结实的棉布鞋子，扎着两条不长不短的羊角辫，辫末梢被烫成了卷卷的，像两个调皮的球球，脸上还没有完全脱掉“孩子气”。

她笑盈盈的，一副干净利索的样子，轻轻放下担子，拿上一边的杆秤，掀开盖在箩筐上的麻袋布片。

啊！橘子，一只只，黄澄澄，又圆又大，一股沁人心脾的清香，直冲鼻子，使我不禁深深地咽了下口水。

“橘子酸吗？”母亲不放心，跟了出来。

“酸？大妈，您尝尝，酸的话我不要钱。”

小姑娘从容不迫，说话的时候，白皙的脸开始浮上淡淡的红晕，她友好而亲切地说着，随手从筐中拿出一只橘子，灵巧地剥下青黄相间的薄皮，掰成两半，伸向我和母亲，递了过来。

母亲见了，连忙摆手："姑娘不酸就好、就好，我还不相信你？"女孩泛红着脸庞，不依不饶地坚持把手伸着："大妈，自家种的东西，不值钱的，吃一口尝尝鲜吧。"

母亲有点儿不好意思，只得接过半只橘子，剥开，剔掉外面的"经纬线"，放到嘴里，边嚼边连连点头："甜，真甜，一点儿也不酸。"

我也不怕难为情地连忙接过橘子，拿在手里先不吃，盯着母亲，条件反射地咽口水，听她一说"甜"，我赶紧剥皮、去"筋"，扔到了嘴里。顿时，满口橘香，嚼一下就满口橘水，品一下就满嘴甜酸。这甜酸是那样的恰到好处：若多一分甜，太甜怕蛀牙，少一分甜，淡而无味；若多一分酸，太酸怕损牙，少一分酸，淡而无趣！

见我们都尝了尝橘子，十分满意地点点头，小姑娘就迅捷地从箩筐里抓起橘子，盛进圆圆的秤盘子，直到母亲说"够了"，她才停手，客气地转过秤杆来，十分坦然地说："大妈，您老人家自己过目，自己称吧。"

什么？让顾客自己称，还有这等事！我见惯了街上为秤杆高低争吵不休、闹得不可开交的事情，她却如此客气、坦然，我不由得增加了对卖橘女的敬意，禁不住笑着插嘴道："哪里有你这样做买卖的嘛？"

"喂！大妈，让你称就称吧，谁知道她的秤里有什么鬼？"从前面屋里后窗口冷不防冒出这么一句，我知道这是爱管闲事的"多嘴"马嫂，不由得朝卖橘女望去，呀！她的脸霎时涨得更红了。

小姑娘转过脸，向发出声音的地方望去，提秤盘的手微微颤抖，我看着这情景，觉得尴尬极了。但她很快恢复了冷静，幽幽地说：“大妈，她说秤里有鬼，要是您老人家信不过，就拿自家的秤来称吧。”母亲显得犹豫不决，不接也不是，接了也不是，走又没有走，我赶紧从旁和解说：“算啦，斤把橘子又不是什么大不了的事。”

“大妈，要你拿自己秤称，你就称吧，谁不知道人是鬼做的，现在做生意的哪一个不是缺斤短两的！”又是马嫂不冷不热的声音。

我想，这卖橘女一定要气坏、发火了。然而，她却异常平静，绷紧的脸一会儿松弛了，脸上又露出了淡淡的红晕，平静地说：“我爹经常对我说，我们家做生意，不指望多赚钱，不亏本就好了。今年我家又养了十多头大肥猪，还有其他收入，加在一起也有八九千！我卖橘子赚的钱还不够零头呢！我妈说，靠短斤缺两发家的，下辈子要遭报应的。”

真想不到，眼前的卖橘女竟是一个能说会道的人，你看她说得多入情入理，丝毫没有虚假做作的迹象。母亲没有听马嫂的，但又怕驳了她的面子，不说话，只用手示意小姑娘自己称秤。

橘子很快称好了，小姑娘没有再说什么，只是默默地接过钱，放入一个方形的饭盒子里，再把饭盒子搁进箩筐，顺手拿出两只橘子：“大妈，这两个算是我送给你们的。”

母亲要推辞，却被小姑娘的纤手使劲挡住了，母亲和我连说“谢谢”“谢谢”！

小姑娘羞涩地笑笑，转身抖一抖麻袋片子，细心地盖在箩筐上面；用右膝盖顶起扁担，拿在手上，扁担两头穿过箩筐提手，她试试前后轻重，蹲身，弯腰，轻快地挑起担子。

这一套动作几乎是一气呵成的，我们俩存心想搭把手，却帮不上忙，只是默默地看着小姑娘走远。不一会儿，小弄堂里又传来了甜润、悠扬的声音："橘子买伐？橘子，新鲜的橘子，又香又甜！"

（1985年1月23日）

苦枣

说起村里的阿枣，没有一个人不摇头叹息的，都说她要模样有模样，要多能干就多能干，要多善良有多善良，可她的命咋就那么苦呢。

真的，小时候，还未成年，阿枣爹娘先后离世，哥哥姐姐都已成家立业，作为家里的幺女儿，她是自己把自己嫁出娘家的；来到夫家，轮到自己养儿育女的时候，公婆先后谢世，连个搭把手的人都没有；好不容易把一对儿女养大，四十多岁的丈夫不幸被车撞了，在医院留观室里躺了没几天，也撒手人间。

人们都说阿枣命苦，那阵子，电视连续剧《篱笆·女人和狗》正在热播，有人指着银屏上的女主角枣花，说阿枣真像她，大伙儿仔细一瞧，果然像极了！于是，大伙儿背地里都叫她“苦枣”。

阿枣儿女两家都是打工族，他们自家过日子都有点儿紧巴巴，指望不上他们什么，她只想自己清静点儿，不靠他们养老，就在自家小屋里单独过，平时在门口院子里种点儿瓜果蔬菜，大多时候出去打零工，她做过保姆，干过清洁工，给人烧过饭，只为赚点零花钱、养老钱。

“尴尬人”往往碰到尴尬事。有一天，大清早天蒙蒙亮，还飘着丝丝小雨，阿枣骑电瓶车去主人家干活的路上，隐隐约约看到前面有人骑摩托车撞倒了一个骑三轮车的老农民，那人看看四周没人注意，跑了。阿枣看到了，赶上前想也没想就下车去扶老农民。那老头儿不知是撞昏了头还是找不到替罪的，反正赖上了阿枣，对着四周围上来的人们，一口咬定刚才是阿枣撞倒了他。

可怜的阿枣无财无势、无依无靠，没人听她分辩，有苦说不出，在众人的数落声中，只得把自己的车子放一边锁上，让老头儿坐上他自己的三轮车，她推着去医院，排队挂号，付款配药，幸亏撞得不严重，老头儿只要在医院里留观两三天就好，她又端水倒茶、端屎端尿，服侍得十分周到，惹得旁边的人还以为她是老头儿的老伴儿，临床的老朱父子更是称羡不已。

老朱年纪跟老头儿差不多，丧偶多年，昨天在街上骑电动车时，不小心自己摔倒，右脚踝骨折，正在住院治疗。

在聊天闲谈中，阿枣把自己的遭遇说给了大家听，大家都愤愤不平，那老头儿也自知理亏，良心发现，没有再坚持说是阿枣撞的，让他儿子付了医疗费，让女儿补贴了点儿误工费给阿枣。阿枣倒有点儿不好意思了，起先不肯收钱，后来在众人的劝说下，才拿了。

老朱父子看在眼里、记在心里了，等到那老头儿一出院，老朱儿子小朱叫住了阿枣，请她接着过来照顾自己的老爸。

看着勤快细心、正在干活儿的阿枣，小朱还有更进一步的想法。小朱想到自己老妈已故去多年，老爸孑然一身，虽然自己开公司赚大钱，对老爸经济上、物质上的满足早已不在话下，但每当夜深人静之际，看到老爸十分孤独寂寞，有意要给他找一个老伴儿。当他把自己的这个意思告诉老爸的时候，老朱有点儿犹豫，而当他托人打听到阿枣的“苦命事”后，便一口回绝了儿子，小朱也不好强求。

等到老朱脚好，阿枣要回家了，小朱又把自己的想法向老爸提了出来。经过近四个月的照料，老朱对阿枣的照顾已有了明显的依赖感，他只喃喃地说，阿枣别的什么都好，就是她的命不好。

小朱却说：“爸啊，她对一个与自己无关痛痒的人，甚至有怨的人，都能这样贴心照料，对人好，更何况对自己人呢！”

见老爸还想说什么，他接着道：“我们上几代家里不是很穷吗？人家不是都说我们命不好吗？可现在呢？不是要什么有什么了吗？”

他顿了顿，又说：“再说了，我平时也在捐款做善事，我就认准一个理儿：一个善良的人不能总让她吃苦，要帮她做点儿什么！您说呢？”老爸默然。

小朱托人去给阿枣说和，阿枣犹豫。她儿女倒十分赞成，小朱又让他们去做娘的工作。阿枣见儿女说话了，答应得倒也爽快，只是她当场撂下了这么一段话：“你们不是卖娘，不要对人家的钱和物眼痒，那是人家的本事和福气；我也不是卖自己，除了正常得到的，我以后不会要老头儿的一份遗产！”

阿枣就这样嫁了过去，人们都立即改口说：阿枣的命真好。当然，也有人说，这是好人有好报。

（2021年12月18日）

后　娘

阿东娘产下他后，在月子里不幸得病死了，阿东爹看着哭得上气不接下气的儿子，束手无策，只得四处央人说媒，好不容易给他找了个后娘。那后娘来自邻县，四年前死了丈夫，独自拉扯着一个三岁大的男孩儿艰难度日，经媒人说合即成，就带着儿子嫁了过来。

那后娘不知道怎么想的，对自己带来的儿子很好，对阿东却很不待见。本来人之常情，对亲生的儿子好点儿，对别人生的差一点儿，人家也不好说什么；即使都是自己亲生的，也有个亲疏远近吧。可她实在过了、不像话，连在人前装装样子都不屑。

阿东爹是个“没起色的货”，只会低头干活儿，对千辛万苦讨来的后妻不敢说一个“不”字，对她待儿子的行为熟视无睹，村里没有一个人不说阿东后娘“厉害”的。

小小的阿东饿了渴了，哭了，她就气哼哼地把奶瓶嘴往小孩儿的嘴里一塞，也不管奶粉泡的温度合适不合适，有时热了，有时冷了，阿东都会吐出来哇哇大哭，她也不管不顾，把孩子和奶瓶放一边，直到他哭累了，再把奶嘴往小孩儿的嘴里一塞。

阿东会在地上爬了，后娘不要说抱抱他，起床后就把他往地上一放，任其在家里肮脏的水泥地上爬来爬去，一日三餐时间到了，在一只不知多长时间没洗过的碗里，舀上一勺子饭，再倒上一些剩菜连同汤汁就给阿东吃。

阿东稍长，吃饭的时候，听后娘的吩咐，先把全家人的饭盛好，等到大家坐定开始动筷子的时候，他自己才盛上一碗饭，从桌边上别人不大夹的菜碗里，夹上一筷霉干菜或者两三节臭苋菜梗，坐到桌角一边，像有人催促似的匆匆扒拉完，还不时地要起身给家人添饭。等到全家人吃完，又赶紧收拾碗筷，到门口井边去洗。

阿东上学了，后娘让他给哥哥削铅笔，背书包；放学后差他去干农活，有时去田里拔草，有时去地里摘豆，经常干的活儿是去山上打猪吃的草，一年四季从不间断，做作业复习功课的时间全落在晚上。不过，值得庆幸的是，阿东很争气，学习成绩在学校里是最好的，他门门功课考第一，年年被评为“三好学生”，是班级里的班长。

初中快毕业了，阿东不想报中专师范，想去读高中以后好考大学，开口问父母，爹不敢发声，后娘一翻白眼，说：“读那么多书干吗！去考师范吧，好早点儿出来工作，挣钱帮衬家里。”

班主任老师觉得阿东这样有点儿可惜，上门来做工作，后娘不吭声，只是使劲儿地朝老公瞪眼，阿东爹立即给老师解释家里不容易，想着阿东早点儿挣钱养家。班主任知道他家后娘的“厉害”，抬腿走人。

阿东哥哥倒是升了高中，考了几年大学，到了阿东师范毕业，分配到外乡工作的那年，还是没有考上，只得去了镇上一家厂里上班。

在外地工作后，每个月阿东留下自己的生活费，其余的钱寄回家。他平时不回家，寒暑假的时候就在学校里看书、备课，只是到了过年的时候，匆匆回家，拜一拜祖宗，吃一顿年夜饭就返校，反正家里没有值得他留恋的。后娘除了收钱，仍然对他不管不顾。

结婚的时候，阿东没把新娘带回家，只叫上两家长辈包括后娘在镇上饭店里办了一桌酒席。阿东没把自己当成家里的一员。以后他回家的次数更少了。

过了几年，他爹得病死了，他回来料理丧事，见哥哥家里不宽裕，就一人出钱办了。从此以后，他与这个家更没有了任何关系。

再后来，他后娘年岁大了，听人说常生病，最后一次医院诊断是患了癌症，动手术的开销哥哥家里吃不消，直接把后娘用三轮车拖回了家。

阿东知道后，想到自己毕竟也算是后娘养过的，他爹生病后也是后娘服侍到死的，于心不忍，托了一位县人民医院的好医生，打电话给哥哥，让他们把后娘送到县城来治病。

阿东支付了所有的医药费，又出钱找了个护工。这样，后娘又熬过了一年。一年多后，旧病复发，阿东又让哥哥把后娘送到县城医院来化疗。

后娘眼见自己的毛病好不了了，一次，见病房四下无人，她一把拉住阿东的手，在自己的床头摸索了好半天，终于掏出了一个拳头大小的纸包，硬塞到他的口袋里，阿东打开一看，竟是个金佛像！他想推脱，被后娘厉声制止住，威胁他要是不收下的话，她等会儿从这个高楼上跳下去，说是被她那个“前头儿子”逼的！

后娘看着阿东把佛像小心翼翼地收藏好，才继续说道：这个是俗称的“金菩萨”，是她娘家祖上传下来的，早年间一共有三个，她两个哥哥和她各一个，她的这一个，是那个时候老家被抄不久，爷爷又怕又气倒在病床上，临终前偷偷塞给她的。现在，她知道自己来日不多了，本想传给自己亲生儿子的，但生病以来，她的想法变了，觉得“金菩萨”要留给有“菩萨心”的人……

清明节的时候，阿东带着妻儿来到后娘墓地祭扫，看着墓碑上后娘的照片，他伸手摩挲着口袋里的金佛像，忽然想到，自己小时候后娘对他这样苛刻，这种性格的形成恐怕就是她从小被那个年代带来伤害的缘故吧。

（2021 年 11 月 18 日）

老　婆

小汪叔五十多岁了还没有老婆。

记得那时候，我还小，有次经过他家门口，发现家里只有他一个人在孤零零地吃饭。我好奇怪，去问母亲。母亲说：“他没了爹妈，又没有老婆，是光棍嘛。”

没有老婆的叫“光棍”，我还是第一次听说。于是，我每次路过他家门口，忍不住要好奇地朝里张望。有次他正在吃桃子，看到我硬是塞给我几个。“拿人家的手短，吃人家的嘴软”，就这样，我与他熟了起来。

小汪叔自己没孩子却很喜欢孩子，似乎觉得天上的星星虽然很多，没有自己的份，但那星光也有一份是为他照亮的。他吹笛子，让我跟着学；编小篮儿，送给我捉泥鳅；养鸟儿，叫我提着玩……可不管怎样，小汪叔没有老婆，还是让我感到十分惋惜、遗憾，甚至感到非常可怜可悲。

有一次，小汪叔留我吃饭，他对着灶间喊：“老婆！老婆！该吃饭啦！”我一愣：莫非他家还有人？竟傻乎乎地跑进去看，惹得小汪叔哈哈大笑。添饭的时候，小汪叔又朝里间嚷嚷：“老婆，该添饭啦！”不见里面答应，小汪叔装作无可奈何地摇摇头，叹口气，自言自语道：“亏得只带了两个小孩，做事就这么不利索，还是我自己来吧。”

事后，我不解地向母亲问起这件事，母亲笑得直不起腰，边擦笑出的眼泪边说：“这是你小汪叔没有老婆，自己编派老婆哩！”

这样，小汪叔与我成了忘年交，我也就常帮他干些打酒买烟之类的小事，余下的钱他让我买糖吃。可好事多磨，有一次当我打满酒提着瓶往回跑时，不小心狠狠地摔了一跤，酒湿了一身，碎玻璃深深地嵌进了我手心，我去大队医务室缝了几针。

母亲再也不让我与小汪叔叔来往了，私下里“恶狠狠”地警告我：“再跟他来往，以后也会讨不到老婆，做光棍儿的。”做光棍儿多糟，要自己添饭，自己洗衣服，自己没孩子要让人家的孩子打酒……我有点儿怕了，也渐渐地不与小汪叔来往了。从此，手心留下了个疤，而我的心里也打了一个结。

后来，我一直在外地求学，直至在外地工作。可每次回家我总要问起小汪叔，他仍在打光棍儿，甚至有次听母亲讲起，他卖掉房子养了一亩多牛蛙，末了母亲叹口气说：“要是他有老婆孩子，怎会落到这种地步！”言外之意，他是因为没有老婆孩子，才这样卖房堕落的。我默然。

后来，又听母亲高兴地说，你小汪叔老来走运，发了，造起了楼房，牛蛙养到八亩多。去年年底，听母亲又说小江叔要讨老婆了，是邻村的一个寡妇。

春节时我回家，小汪叔，不，是老汪叔，硬要我去他家，看他新建的楼房和为“新婚”新买的家具，参观他的牛蛙场。我们边走边谈，续起了“前缘”，说到那“编派老婆”的故事都哈哈大笑。

他的老婆我见过，模样周正，也很朴实。

（1993年8月19日）

老剃头匠

八斤叔是老家方圆几公里有名的理发师傅，是一位七十多岁的老剃头匠。他待人热情，态度和气，而且手艺极好，价格便宜，附近村民都要大老远跑到他那里剃头，甚至我们这些出门在外的，回老家时也都去他那里理发。

据说，八斤叔出生的时候，他爹见头胎是个大胖小子，喜出望外，不顾接生婆怕小孩着凉的反对，赶紧用大包裹皮一兜，十六两杆秤一称，刚刚八斤。老家那边有个用小孩子出生时的体重给人命名的习俗，况且八字吉利，于是，他爹“顺水推舟”——“八斤”就成了他这辈子的名讳。

八斤叔四五岁的时候，因为调皮，左脚被八仙桌边的实木长凳砸断，家穷没钱治，请来的“土郎中”接不好骨头，造成他行动不便，走路“跷脚”。老爹考虑到他今后长远生计，没上几年学，就让他去镇上学了剃头。

八斤叔学得了一手可以居家过日子的好手艺，却因左脚残疾，一直都没成功婚娶。四十岁时，有好心人给他介绍了一个离异带孩子的女子，两人在一起过了八九年，最后还是分了手。

村里人感叹：八斤叔这么好的人，人生却这么坎坷。随着岁月流逝，村里人不论辈分老幼都称他“八斤叔”，这称谓既包含一份亲切，也透着一份敬重。

八斤叔虽然只是一个剃头的，但他天生爱干净，一年到头把自己收拾得总像是随时准备待客似的：梳了一丝不乱、一边倒的“瓦片”发，身穿笔挺的藏青对襟衣衫，外罩一件干干净净的皮大褂，脚穿沿边洗得发白的黑色松紧布鞋。理发室内外也总被收拾得整整齐齐：廊下准备供顾客擦洗的毛巾，一长溜挂着、晒着，门口煤饼炉和热水瓶排列得像整装待发的战士，室内桌椅箱柜摆放有序，地上的碎发被扫进墙角的蛇皮袋里，让人感觉干净、温馨。

有顾客来的时候，八斤叔会从廊下扯下一条毛巾，下意识地抖一抖，帮顾客翻领，围上毛巾，开始洗头。他把洗头膏均匀地涂抹在顾客头上的前后左右中五个部位，一手托住脑袋，一手轻柔地用五根手指按摩。他那手长得与众不同，似乎天生就是用来洗头的，胖乎乎的，手背丰满光洁，伸展开，上面像小孩儿的胖手，有四个小窝窝；手心红润肉厚，摊开，五根指头肉嘟嘟的，由里到外由粗到细。被他这样的手轻柔按摩，痒痒的，舒服极了，简直是一种享受。怪不得一碰到他轻柔的手，即使是最怕理发的小孩子，也会慢慢地停止哭闹；由他搓着、揉着，上了年纪的老头儿不久就会慢慢地睡着，打起鼾声。

等洗完抹干，八斤叔用脚调整好理发椅高度，再帮顾客整理整理毛巾，不紧不松罩上白大褂，一手拿梳子，把住顾客的头，一手用剃刀，开始理发。他虽然理得很慢但很细致，一遍理下来不用再重新修理，只在头顶、鬓角稍长的地方，用平剪剪几下，左右脑后头发较厚的地方，用牙剪夹几下。然后，他解除顾客身上白大褂，为其重新洗一遍头，冲洗完毕，用吹风机吹干。有需要为头发做造型的，他会根据顾客平时的喜好，再精心吹上一阵子，抹上一点儿头油，喷上定型摩丝。全部搞定了，他再前后左右躬身看看，检查一下自己的“作品”，自得其乐地点点头。

八斤叔人缘极好，小孩子怕理发，哭闹，大人管不住，他就从桌柜里拿出备好的零食；村民没钱可以不付，也不设账簿，等到有钱了再来付。所以，他的店里总有村民送来的吃不完的新鲜蔬菜，一年到头不用他自己买。

他常常给路过的叫花子免费理发，去敬老院上门服务，六十多岁的年纪了，还参加了好几次志愿者活动，上街为市民义务服务。

人们都由衷赞扬：“老剃头匠八斤叔，不仅手艺好，做人也好。”

（2020 年 11 月 18 日）

老来小

老汪伯是个“老来小”，喜欢凑热闹，晚上去外村看戏看电影赶八九里路都不在乎。那时候农村每年看不上几场电影，至于看电视，当然是很久很久以后的事了。

先是邻村集体有了一台黑白投影电视机，老汪伯成了一名每晚必到的忠实观众。有一次，电视台播放《少林寺》，老汪伯照例早早背把椅子来到放电视的大会堂里。来看电视的人真多，几乎要把整个会堂撑破，电影也真好看。可老汪伯却为此付出了“沉重而又惨痛”的代价：他的一件半新旧的“的确良”衬衫不知被谁的烟火烧了个洞眼儿！他遭到全家人的轮流痛斥不说，自己也心疼得直扇嘴巴。

第二年，村里先富起来的两户人家买了电视机，老汪伯自己买不起，却掏钱订了电视周报，成了电视节目“七天早知道”的人。老汪伯订得起电视报、却买不起电视机，惹来了村人们的笑话和老伴儿的一顿唠叨。顷刻，老汪伯举起手中的一只饭碗，却发现还有八成新，舍不得，又放下，于是墙角的半只破钵头成了他的出气牺牲品。

后来，老汪伯为争口气，一家省吃俭用，也买了台14英寸的黑白电视机，老汪伯在人们心目中的地位顿时提高了许多。每当夜幕降临，村人们都堆着笑脸往他家涌着来看电视，老汪伯则忙着在院子里摆电视、放椅子；电视散了，又忙着搬东西、扫院子。日子一长，老汪伯觉得，照这样干比去别村看电视还要累人，还要烦呢。

后来，村人们渐渐地有了钱，各家都买起了电视机。老汪伯家的院子里晚上也渐渐地冷清了起来，他既高兴又有些遗憾。再后来，村里买彩电的越来越多，黑白电视机没人理睬了。去年，村里装上了有线电视，屏幕清，频道多，节目多得看不过来，老汪伯一家四口常常因志趣不同，各人要看自己喜爱的节目而闹气。

于是，他常常“傻呵呵”地想：要是到了什么时候，每人都有一台电视机，自己想看什么就看什么，再也用不着像现在这样争了，各看各的节目，那该多好。

（1994年11月3日）

分 梨

今年暑期，经熟人介绍，我来到了镇上的一家大型工厂勤工俭学，具体工作是给工厂档案员老孙师傅当下手，帮他整理、抄写目录。

老孙有个儿子叫天天，今年七岁，长得活泼可爱，讲一口流利标准的普通话，让我这个师范生望尘莫及。他刚刚读完小学一年级，放暑假，因父母都要上班，没地方去玩，就每天跟他老爸来单位里，反正档案室设在厂子西北旮旯，平时没人过来，就我俩和老孙儿子天天。

这样，机缘巧合，我得以跟老孙和他的儿子相处了一个多月。其间，耳闻目睹老孙教育儿女之事，可谓“一言难尽”，择其要义，将其养儿之道概括为八个字：刚柔相济、恩威并施。不信？仅举一例，即可窥见一斑。

一天下午，老孙外出办事，我在抄写档案目录，他儿子天天在角落小课桌上做暑假作业。不一会儿，老孙兴冲冲从外面顺路买来了六个大梨头，慷慨地送给我两个，剩下的四个归他父子。梨头不可能都一般大小，剩下的四个自然有大有小。忽然，老孙不知怎么搞的，心血来潮，故意让他儿子天天来给父子俩分配梨头，想仿效“古人之道”，来一出现代版的“孔融让梨”。

老孙用钳子般粗的两个手指——食指和中指从上面衬衫口袋里夹出一根香烟，慢吞吞地用一根火柴划着点燃，深深地吸了一口，再长长地吐出一大口烟雾。

“天天，你过来，帮爸爸把两只梨头分一下，你两个，我两个。”说着，他再也不看儿子，把头转向了我，露着镶银的牙齿，面带狡黠的微笑，抬眼看看我。

我一眼看穿了他的鬼把戏，对他捂嘴偷偷一笑，十分配合地顾自抄写，却把注意力放在了旁边的桌子上，不时用眼角瞥瞥，关注着看天天怎样分梨。

只见天天放下铅笔，兴奋地跑了过来，说声“谢谢爸爸”。然后，用小手捧起一个，闻一闻，摩挲着，比较着，显然是看哪一个大、哪一个小，再捧起一个，再依依不舍地放下，把四个梨头一个一个摸了个遍，似有个儿个儿都想要、一人想把四个梨头独享的念头。

天天把头转向了爸爸，好像想从他脸上看出些什么，我估计可能是想他爸最好说一声“这四个梨头都归你一个人吃”。可老孙这时却扬起脸，端起架子，跷起二郎腿，转过身，往身后桌上的烟灰缸上装模作样地弹一弹烟灰，还不忘拿眼睛扫我一眼，我也拿眼睛狠狠地白他一眼，然后两人相视而笑。

天天把玩了、琢磨了一会儿，肯定经过了激烈的“思想斗争”，显然想到了平时老爸的谆谆教诲，他终于艰难地做出了决定：把小的留给自己，大的给他爸爸。但他刚要拿走属于自己的两个梨头，却又不放心或是不舍得似的，把自己拿在手里的梨头和放在桌上准备留给他爸的梨头又重新审视了一番，才一边看看桌上的大梨，一边低头看看自己手中较小的梨头，一步一回头地走向自己做作业的小课桌。

老孙露出了满意的神色，冲我得意地笑笑，起身走向桌子，拿起上面的两个大梨头，要跟天天换，意思是他自己吃小的，大的归天天。天天把大梨头硬塞给他爸爸，老孙又塞了回去，父子俩嘻嘻哈哈相互塞来塞去，后来干脆玩儿了起来，不慎四个梨头中有两个从天天的小手里掉到了地上，老孙却不顾这些，突然一把抱起儿子，用钢针般的络腮胡子在儿子的小脸上扎了起来，疼得天天“哎哟哎哟”直叫唤，而老孙却开心地哈哈大笑。我看着这逗人的一幕，也摇摇头跟着笑起来了。

小孩儿毕竟是小孩儿，一等老孙放下自己，儿子天天干脆把两个梨头当手榴弹往他爸爸身上扔，一个“手榴弹”让老孙机警地躲过了，砸在墙上粉了个碎，接着第二个飞来，老孙躲闪不及，不偏不斜正中左眼，痛得老孙露出镶银的大门牙“哎哟”一声，双手捂住了眼睛。

霎时，老孙脸上晴转多云、乌云翻滚，他顾不得擦一擦眼睛，怒气冲冲地奔向天天，左手捂着眼睛，右手伸开变成蒲扇般大的巴掌，照着儿子劈头盖脸就是一下子，天天“哇”的一声哭了起来，老孙仿佛还不解气，还想再来一巴掌。我连忙上前去制止。老孙大概想想儿子毕竟还小，自己也舍不得，一只手悬在空中，却轻轻落下，用那只没受伤的右眼狠狠地瞪着。停了一会儿，他觉得余怒未消，用那只半空中落下的右手，直直地一指扔在地上的碎梨头，疾言厉色地让天天把它们捡起来吃完。

站在旁边的我，真是忍俊不禁，看着刚才还欢天喜地的天天，现在却眼泪汪汪地嚼着碎梨头，可怜巴巴地咽下去。老孙看看儿子，想一想，这一下连他自己也忍不住笑了起来，笑得噘着嘴巴的天天莫名其妙。

老孙走过去，抱起儿子，又是亲又是哄，还在他的胳肢窝里挠痒痒，笑得天天喘不过气来。后来，他放下儿子，把留在桌上剩下的两个梨头交给天天，算是做父亲的“将功赎罪”，作为刚才打他的补偿，都归天天一个人吃。

事后，当我大笑着说起这事时，老孙却一本正经地说，大人对小孩子，就是要让他笑就让他笑，要叫他哭就叫他哭，这就是家教。

你瞧瞧老孙说的，这算哪门子“家教”啊？简直是一派胡言！

（1990 年 11 月 16 日）

小木匠

阿狗从小长得眉清目秀，身体却很单薄，跟黄豆芽似的又白又细，他娘怕养不大，按旧俗给他取了个“贱名”，叫阿狗。稍大一点儿，看他扛锄头去田里的样子，像林妹妹“葬花”，怕他干不了重活儿，他娘就让他去同村老木匠那里学木工。

十九岁那年，阿狗跟师傅出工，去外地大队修理农具，十个小队轮过来差不多要忙上一个月，干活儿睡觉被安排在大队部，吃“派饭”在支书家。“派饭”就是一日三餐吃在被“派”家，主人家吃什么，他们就吃什么。有时支书婶子会客气地加碗蛋羹，阿狗是师傅不动蛋羹，他是万万不敢去碰一筷的，只有在师傅自己舀了两调羹，开口让他也吃的时候，他才小心谨慎地舀一点儿，那是真正的“浅尝辄止”——这是娘在家一直千叮咛万嘱咐的“师傅桌面”规矩。

等修完农具，支书见阿狗的师傅手艺好，提出给自家小闺女“割”（俗语，“做”的意思）四口樟木箱的打算。

支书家那个未出阁的闺女叫阿翠，比阿狗大两岁，生得妩媚婀娜，阿狗管她叫“小姐姐”。一个月下来，阿狗和师傅跟支书一家混得很熟了，师傅不在时，阿狗会跟小姐姐阿翠说说话，都是年轻人嘛。

那天吃中饭时，仗着平时小姐姐对他的关照，趁师傅不注意，阿狗把自己的空碗递给阿翠，觍着脸让她给自己盛饭。

当地有个习俗，一般人家女子只给自家男人盛饭，未婚女子是轻易不给未婚男人盛饭的，除非两人确定了婚约或者恋爱关系。阿翠听长辈教导过，羞红了脸，没接碗，嗔怪地拍了一下阿狗的肩头。阿狗不明就里，以为是小姐姐在跟他开玩笑，嫌他懒惰不肯自己盛饭，只得自己动手。

又有一次，恰好饭桌上只有他俩，阿狗如法炮制让小姐姐帮他去添饭，阿翠没接，只拿眼睛白他，阿狗以为又是在逗他，把端碗的手一直伸着举着，见没理他，就死皮赖脸把碗往她手上塞过去，阿翠抬手一推，阿狗拿不稳不小心滑脱了，碗掉在地上，摔了个粉碎。

阿翠又气又急又羞，伸出左手，忽然想到关于女人左手不打人的“老话”，连忙换成右手，正要狠狠拍下去，又想到女人伸手不打男人头的“古训”。此时的阿狗明知自己不对，做“龟缩”状，一动不动一副甘愿认罚的怂样。阿翠见状，像面对一个刺猬，不知该打哪里好，无从下手，她一不做二不休，索性一把抓住小木匠的衣领，像拎小鸡似的想把他从椅子上拉起，谁知母亲闻声从外面进来，阿翠急中生智，学着农村婆娘打自家小孩的腔调，虚张声势地一边气哼哼嚷着：“我让你调皮，我让你捣蛋！”一边不轻不重地在小木匠的脊背上拍了起来。

支书婶子见此情景哈哈大笑，阿狗恨不得有个地洞钻进去，便顾不得吃完饭，赶紧像贼似的一溜烟跑了出去……事情后果是，阿狗被罚了一天的工钱算是赔了碗，又在背上结结实实挨了师傅三下木尺打。当然，阿翠说到事情的起因是轻描淡写的："阿狗毛手毛脚起身想去里屋添饭，迎面碰到我，碗不可思议地撞到门框上碎了，我看不顺眼，无奈之下只得替师傅好好教训了这个小木匠！"

后来，阿狗听来工场闲聊的老人说起，当地素有只有自家婆娘才给自己男人盛饭的习俗，才恍然大悟，脸上暗暗发烫，打那以后见了阿翠，他立马会顺眉顺眼，一副规规矩矩"小媳妇"的模样，心里却有了异样感觉，老想着看到"他的"小姐姐，阿翠似乎也有同感，看到他也不再像以前那样随随便便和他说话了。

不过，事后阿翠曾经漫不经心地问了他一句："师傅打你痛吗？"阿狗霎时心里甜得像灌了蜜，可脸上装得痛苦万分，点点头，阿翠捂住嘴一扭头，幸灾乐祸地说声："活该！"随手丢下两张伤痛膏，阿狗如获至宝地攥在手心、装入心窝。

以后的日子，风平浪静，两人除了场面上应付性说话，就没有更多的来回言语，但分明有的是外人不知、他俩自明的眼神间交流。樟木箱快做完了，一天吃晚饭，阿狗看没人注意，心怀鬼胎故技重现，色胆包天地把饭碗递给了阿翠，眼睛直勾勾地盯着小姐姐，阿翠犹豫了一下，然后像是下定决心似的，红着脸接过了碗，阿狗心满意足地笑了……等结完账，师徒俩回家，一路上阿狗把平时沉重的木工家伙担子挑得轻飘飘荡悠悠。

三个月后阿狗学徒期满，师傅退回了他拜师三年的八百元"高收"（指押金），还硬塞给他五十元做零花钱，阿狗交娘三十自己留二十，当天去外地，找了阿翠。

不久两人相约，各自告别父母离家一起去了上海，男的去工地做木匠，女的给人家当保姆。

（2021年3月24日）

痴情女

这是根据一段真实的故事改写的……

20 世纪 60 年代末的时候，公社里分配到村里从上海来的知识青年，两男两女一共四个人，他们被安排住在大队部隔壁两间原来做仓库的空屋里，这里被当作了知青点。

知青点过去几步路，就是村支书家。对这些刚刚离开大城市、离开娘亲怀抱的大孩子，支书老婆阿丽妈充分发扬了慈母心，从指挥人清扫房子、雇泥水匠粉刷室内墙壁、打好土灶开始，安排人找来床铺板凳及吃饭的桌椅、碗筷，从各家各户派收来其他生活用品，忙了整整一个星期，其间还有女儿阿丽的搭手帮忙。

这些 18 岁刚刚从学校毕业的中学生，一个个生得斯斯文文、白白净净，除了会吃饭，几乎什么都不会干，有的甚至连自己的生活也照顾不好，却要天天干着从没干过的农活儿。

他们在自己知青点里开土灶的第一顿饭，还是阿丽妈和阿丽一起帮的忙。一开始四个人忙忙碌碌大半天，连柴草都点不着，搞得满屋子烟雾不说，还弄得灰头土脸，一个儿个儿成了大花脸。

以后的日子里，他们开始了自己烧火做饭，阿丽妈也不是不管不顾，她时不时地差遣阿丽端来一碗自家刚刚炒好的菜蔬什么的，而这往往成为知青们“打牙祭”的时候。

一来二去，阿丽妈和阿丽跟大家都混熟了，知青们生活上缺点儿什么的，不忌惮管阿丽家要，甚至有个头痛脑热的，吃不起药，也给阿丽妈说，由她弄个偏方，找点儿草药。若是有哪一个知青的上海家里寄来了“大白兔”奶糖什么的，也总会偷偷地塞给阿丽妈和阿丽四五粒。上海的“大白兔”奶糖，在乡下人看来，那可是一个神一样的存在。

有一次，知青阿陈病了。阿陈本姓陈，叫陈宇安，五官精致，眉清目秀，因知青点儿里还有一个知青也姓陈，年纪比他小两个月，为区别起见，大家叫他阿陈，叫另一个小陈。

阿陈病了好几天。阿丽妈知道这主要是由于孩子累了、想家了，就让女儿阿丽每天端一碗好吃的送过去。有一天，阿丽妈炒上了一小碗番薯干，让阿丽在干活中途歇工的时候，趁其他知青不在端了过去。在那个连饭都吃不饱的年代，番薯干可是妥妥的“天物”。

阿陈一个人光着膀子，孤寂地躺着，正盯着天花板发愣，见阿丽进来，连忙穿好衣服，起身从床板上下来，看到阿丽双手端着一碗香喷喷、黄灿灿的番薯干，激动地伸出双手去接，不想碰到了阿丽软绵绵、光溜溜的小手，霎时两人羞红了脸。阿丽把碗往阿陈床头的课桌上一放，赶紧跑了出来，阿陈愣愣地站在那里，也忘记了说声“谢谢”。

阿丽生在农村寻常人家，长得细皮嫩肉、小巧玲珑，虽然一年四季跟着父母去田间地头干粗活，脸却仿佛是永远晒不黑的，手一直是一双纤纤细手。

两个年轻人青春年少、情窦初开，本来就互有好感，这一次，手与手的触碰仿佛捅破了挡在两人之间的一层窗户纸。两颗年轻的心碰撞出了爱情的火花。悄悄地，他们好上了。

纸包不住火。阿陈和阿丽谈对象的事，在小山村里一下子传扬开来。

这首先遭到了阿陈家里上下反对，他家本来是干部家庭，虽然他父亲尚未“解放”，但“瘦死的骆驼比马大”，余威尚存，家境不错。

阿丽家里也坚决反对这门亲事，要知道村支书在当地也是一个威风凛凛的存在，像这样一个来自城里的学生娃，文不文、武不武的，不说别的，你看阿陈手握锄头的样子，常常惹得村里人背后指指点点，成为笑柄。这样的人干不了农活，养不了自己，还想结婚生子、养家糊口？滚一边儿去！

“女大不中留。”阿丽父母不管女儿的坚决反对，央人在外村里给她找了一个对象，那男青年叫阿山，自然也是附近村里一等一的好后生。

第二年春节期间，知青们都回城过年去了，阿丽父母收了阿山家托媒人阿婆送来的800元彩礼，准备给女儿阿丽完婚。

阿丽死活不答应，最后父母无奈，提出了一个折中的方案：彩礼已经收下了，你要退婚可以，800元彩礼让阿陈家拿钱来还！

阿丽父母本以为这样就可以难倒阿丽，再想想阿陈家里的态度也不可能。阿丽听说，信以为真，毫不犹豫，掉头去镇上，翻山越岭走了20多华里，赶在邮电局5点钟下班前，给上海的阿陈发了电报，让他带800元钱的聘礼来娶她。

阿丽左等右等，坐立不安，日夜盼着阿陈带钱来，眼看这边人家娶亲的日子越来越逼近，可那电报仿佛石沉大海，杳无音信。

其实，电报是收到了，但是被阿陈的大姐收到的，她交给了父母，父母看了，本来根本没同意，这回还要倒贴钱？姆妈立即烧了电报纸，还带上一句“上海腔”：“想得美！”

阿陈被瞒住了！

可阿丽坚信阿陈的海誓山盟：收到电报一定会赶回来的。直到喜庆的日子到了，还不见阿陈人影，真是急死人了！

有一天晚上，阿丽父母趁其不备，把她关进了小屋里。吉日一到，父母不顾阿丽大叫大闹，参照上辈子人的做法，雇几个亲戚把阿丽五花大绑，抬到迎亲的双轮车上，再盖上几床新的嫁妆棉被，由新郎官阿山在车上陪坐着，车子由帮忙的人推着，一路吹吹打打往新郎家赶。

真正地可怜了阿丽姑娘，她手脚动弹不得，声嘶力竭地哭喊：“陈宇安，快来救我，我被人卖了！”

嬉笑声、吹打声、鞭炮声早把阿丽的哭叫声掩盖了。村里没人觉得这样做有什么不妥，甚至有人出主意，阿丽再闹，就打一顿，直打到她服服帖帖为止。

那路有多长，阿丽就哭了多久、叫了多久……哭得四邻悲悲戚戚，叫得路人恓恓惶惶。

不知是天人感应还是什么的，不一会儿，原本艳阳高照的天气变了，淅淅沥沥地下起了毛毛细雨，迎亲的队伍预料不及，没有准备雨具，只得到路边的凉亭里停车避雨。

人们这才发现，刚才还在断断续续喊叫的阿丽好像没了声音，大家有点儿慌了，赶紧掀开被子，阿丽好像晕了过去，紧闭双眼，眼睛里的泪水却在“汩汩”地流着。

媒人阿婆于心不忍，命人解开绑在阿丽身上的绳子，一边絮絮叨叨地劝慰着，怕绑疼了阿丽，还按摩着阿丽的双臂。阿丽木然地躺着，除了在出气、流泪，人如死了一般。

人哀莫大于心死啊！

队伍继续出发，沿山塘水库大坝走过，远远望见了新郎阿山家，大家都松了一口气。

突然，阿丽翻身坐起，众人不防，正愣神之际，阿丽跳下车子，朝大坝下飞奔而去，口中喊着："陈宇安，你个王八蛋，我生是你的人，死是你的鬼，我先走一步了……"说完，"扑通"一声跳进冰冷的水里。

阿山他们反应过来，紧随其后，却没追上，眼睁睁地看着阿丽跳了下去。大家顿时慌了神，只见阿丽在水里游了几米远，可禁不住花袄花裤被水浸泡后的沉重，扑腾几下，死死地沉了下去，消失在人们眼中。

阿山脱下棉袄棉裤，顾不得寒冷的天气，一头扎入水中，朝阿丽沉没的方向游去，身后又有两个小后生也脱掉衣服，跳入水中，紧随阿山而去。

这边岸上的人们没闲着，有的找块干净的地面，摊开新被子，等会儿好躺救上来的人；有的在水库边找干柴生火，准备人救上来后取暖；有的跑向远处正在吃草的水牛，牵过来抢救溺水人的时候用。更多的人焦急地等着，七嘴八舌地指挥着水里的阿山他们：近了近了，再过去一点儿，再过去一点儿，好了好了，到了到了……

过了好大一会儿，阿山终于在水下找到了阿丽，一把抓住她的衣领，在同伴的帮助下，一起沉沉地拖着，游到岸边，人们七手八脚地先把阿丽拖上岸，擦干她脸上的水迹，看到她已经无声无息了，赶紧将她弄到水牛背上，让她脸朝下整个身子趴在牛背上。这样可以把阿丽肚中喝进去的水倒出来，农村里有人溺水就常用这个方法。其他下水救援的人，自己跑到火堆边换衣、取暖。

水从阿丽的口中断断续续地流了出来，最后，“哗”的一声，喷出一大口，接着，阿丽喉咙里“咕噜咕噜”地响了几声，她的上身抽搐了一下，旁边有经验的大伯有节奏地拍打着她的背，帮她吐出喝到肚子里的水。

阿丽终于醒来了，大伯赶紧让人把阿丽抱到火堆边，用几条新棉被把她裹了起来，两个婆娘把手伸到被窝里，一个帮阿丽脱掉湿冷的衣服，另一个在阿丽的四肢、胸口轻轻地揉搓着，帮她舒筋活血。

阿丽长长地吐出了郁积在心中的一口气，“哇”的一声哭了起来，忽然又止住了，接着又“哈哈哈”大笑起来。

在大家感到莫名其妙时，阿丽光着膀子猛地站了起来，棉裤脱落到脚跟，推开众人想跑出去，双脚又被自己棉裤绊倒了，“啪”的一声重重地摔在地上，有人刚想去扶，她却自己一骨碌爬起来，拉上裤子，披散着头发，口中喊着：“陈宇安，你个王八蛋，你在哪里？我找你来了……”

阿丽疯了。

凄厉的哭喊声，在又冷又湿的初春上空回荡，喊得人们阵阵心紧，大伯大妈背过身，媳妇姑娘直抽泣……

迎亲的人们向前也不是、回去也不是，都六神无主了，还是那个大伯说了一句：“嫁出去的女儿，泼出去的水。”于是，大家向前走向了新郎阿山家，只是队伍里再也没有了吹吹打打、嘻嘻哈哈，沉重的心情像石头压在了人们的心坎儿上。

那年春节过后，陈宇安从上海回来了。半路上，有人拦住他："你可回来了，阿丽为了你疯了！"

"你知道不？她出嫁那天，喊着你的名字，跳水自杀了……"

"抢救过来以后，她骂着你，又哭又笑！"

阿陈顾不得回到知青点儿，直接前往公社卫生院，找到了被关在病房中的阿丽，带着哭腔叫着阿丽的名字："阿丽啊，我回来了，看你来了，都是我害了你啊！"

阿丽在护士的管护下，从病床上站了起来，呆呆地看着她日思夜想、名字不离口的人。

护士灵机一动，轻轻地在她耳边说道："阿丽啊，你的陈宇安回来了，来看你来了，你该好了，没事了吧。"

阿丽一声不吭，忽然，冷不丁冲过去，紧紧抱住陈宇安，又哭又笑，还不时地用手拍打他的背，口里喃喃道："阿陈，你可回来了，我等你等得好苦啊！"昔日流干了的泪水，如滂沱大雨又喷发出来，陈宇安机械地抱着阿丽，号啕大哭。现场的人们都禁不住跟着流下了眼泪。

阿丽慢慢地停止了哭叫，安静下来，忽然，她的身子一软，阿陈也跟着被拉倒了下去，他赶紧挺住身子，旁边的护士过来，和阿陈一起架住阿丽，将她放到床上。

阿丽像个小孩子一样睡着了，醒来再也不认得阿陈了。

阿山家也不是无情无义，当初把疯了的阿丽接进自己家门，新郎新娘也没有拜堂，新娘由伴娘搀扶着匆匆送进洞房，按照平常礼节摆宴席招待完了客人。

人们都善良地想着，阿丽可能是急火攻心，在家里慢慢调养调养会好的。听人说，青春期的女孩子出点儿这种幺蛾子也是有的。

不想，阿丽病情并没有好转，继续疯疯癫癫，生活不能自理，要是阿山接近她，她会扑过来，又打又抓，两人要同房根本甭想。

这样过了一年多，阿山倒没说什么，家里开始怨声不断了，风言风语传到了阿丽家，阿丽父母老实纯朴，理解人家的难处，为不耽搁小后生阿山，主动向阿山家提出了离婚，把女儿接回了家。

阿丽父母觉得对不起自己的女儿，此时此刻，他们为当时强迫女儿跟一个自己不喜欢的人结婚，感到了深深的后悔，准备心甘情愿地服侍她一辈子。

“文革”结束，上面招人，阿陈成了当地公社里的一名半脱产干部，有了自己固定的收入。想到阿丽受到的伤害，也为了自己的良心，他常常过来看阿丽，有时候还帮着阿丽父母递水端饭，照料阿丽。

说来奇怪，每次阿陈过来，阿丽会安静许多，阿陈开口说话，她不打不闹，安稳地坐着听着。这让阿陈和阿丽父母看到了希望。

不久，各地掀起知青返城潮。上海家中，阿陈家人四处托人，搞好关系让他早点儿回城，还一月几封信地催他回城回家。

阿陈想到发疯了的阿丽，想到自己如果这次离开，估计这一辈子都不会回来，再也看不到阿丽了，他犹豫了，几天几夜没有睡上一个好觉，眼睛熬得通红，整个人瘦了一圈儿。终于，他下定了决心：娶她为妻！

这一石破天惊的决定，不要说阿陈家以断绝家庭关系为要挟坚决反对，阿丽父母也是反对得很，怕的是他没法长期坚持，到时候反而不好，村人也在观望之中。

阿陈与上海家人毅然决然地断绝了关系，趁着五一节放假，装饰了空无一人的知青点儿。

现在，知青点里两个女的已返城，找到了工作，说是永不回来了；另一个小陈回上海家里等待分配，说即使没找到工作，死也不来这种“鬼地方”了；现在只剩下阿陈一个人了，他重新粉刷了一遍房屋，在大门和窗户上贴上了大红喜字。

阿陈还是让先前的媒人阿婆去阿丽家提亲、说合，阿婆十分感动，死活不肯收下他给的“辛苦钱”，用手帕擦着眼泪连鼻涕的，急匆匆往阿丽家赶。

阿丽父亲听说了媒人的来意，正在扎扫帚的他，怎么也扎不上手了，索性一屁股顺势坐在地上，任老泪纵横。阿丽妈正在小屋喂猪，先是瞪大眼，反应不过来，继而傍着门框号啕大哭。

领来结婚证的那天，阿陈把证书拿给阿丽看：“小丽，我们结婚了，这是结婚证，你看，上面有你的名字呢。”说完，阿陈握着阿丽的手指，一个一个指点着证书上的三个字：黄——巧——丽。

阿丽抬起头，泪眼汪汪地望着自己的丈夫，似乎在问：这是我吗？阿陈点点头，一把搂住苦命的妻子，看着妻子的眼睛一字一句地说：“是的，是你的名字，我媳妇的名字。”

阿丽的眼泪止不住地流了下来，阿陈轻轻地帮她擦去，自己的眼泪也不自觉地流了下来。阿丽一动不动地，不叫不闹，温顺地依附着阿陈，任自己的丈夫擦。

她将结婚证揣在胸前、藏进怀里，抱着它睡觉，少有地静静睡去。后来，父母让她把结婚证放在出嫁的箱子里，她怎么也不答应，每天晚上都要死死地抱着，怎么要也要不回来，生怕别人抢了去。

结婚那天，阿陈起了个大早，推起擦得锃亮的自行车，往不远处的阿丽家里赶去，准备捎阿丽回来。

阿丽已被大家打扮一新，果真，阿丽好漂亮哦！不愧为远近山村的“一枝花”。村里的一个小姐妹拿镜子给她照，阿丽羞涩地脸一红，转头笑了。人们心里一酸：要是阿丽不疯，该多好啊！

在众乡邻的祝福声中，在阿丽父母及众亲友的簇拥下，阿陈用自行车捎阿丽到了知青点儿，婚礼的程序统统按当地习俗一道不少。

阿陈在阿丽父母的帮忙张罗下，在知青点儿的院子里摆了三桌酒席，宴请前来贺喜的亲朋好友。

今天的阿丽一点儿也不闹，脸上始终挂着羞涩的笑，任由媒人阿婆按礼仪摆布，等到新郎新娘敬酒环节，大家都不约而同地站了起来，心情激动地看着新娘阿丽的一举一动，心里都真诚地默默祝福着。

起先阿丽只是跟着阿陈，不主动说话，看人学样，阿陈敬酒她敬茶，到了自己父母跟前，阿丽忽然一把拉住阿陈的手，“扑通”一声跪下，磕了三个头：“谢谢阿爸阿妈的养育之恩！”阿陈也跟着阿丽磕了头，连声道谢。

阿丽父亲老泪纵横，一仰脖子喝下了一大盅酒，阿丽母亲低头捂住脸，哭着跑开了。众亲友无不热泪盈眶。大家感叹不已：爱情，还真是一剂良药啊。人们还说，一些青春期的女孩子，在做姑娘时候的一些顽疾，等到结婚后慢慢会自动痊愈的，但愿这种好事情也会发生在可怜的阿丽身上……

似乎是天遂人愿，阿丽的病在慢慢地好转，虽然除了日常回答一些别人的问话，她主动说话不多，甚至没有，但自从结婚后她再也没有哭闹过，而且还在母亲的指导帮助下，开始做起了家务。空隙之余，阿丽一个人在门口痴痴地、呆呆地坐着，直到丈夫阿陈下班回家。

一年以后，阿丽生下了孩子。

看来母爱实在伟大，不管阿丽怎样痴呆，从不伤害孩子半点儿，从没误过一次给孩子喂奶，在自己奶水不足的时候，还学会了一个人泡奶粉，按时给孩子喂食。起先阿丽妈很担心阿丽对孩子照顾不周，现在阿丽居然把孩子收拾得干干净净、白白胖胖。

更神奇的是，平时为了孩子的事情，阿丽慢慢地主动跟丈夫说话了，不久，话也多了起来。

等到孩子开始牙牙学语的时候，阿丽说的话更多，跟一个正常人看起来差不多了。在母子两个人的时候，丈夫阿陈有时候还听到做妈妈的阿丽居然还轻轻地哼起了儿歌。

阿丽当着别人的面说话，起先不好意思，后来好像习惯了，也不怕羞涩，跟孩子喃喃细语，不时地，孩子拉屎撒尿了，还大呼小叫起来。

看来阿丽的病好了。阿陈赶紧带阿丽去县城医院检查，等到检查完毕，不明就里的大夫审视着最后的检查报告，显得不耐烦地说道："好好的人，查什么查？"

阿陈带着阿丽，高兴地连说"谢谢"，两人徒步连夜回了家。在以后的日子里，阿丽和阿陈又生下了一男一女，一家五口，其乐融融呢。

（2021年12月18日）

英语老师

上初一的时候，教我们英语的是新来的女代课老师，大家管她叫“小赵老师”。

小赵老师30岁左右，年轻、俏丽、洋气，烫着新潮波浪形的头发，额前做三七开，左边三分用发夹夹起。每次右边头发耷拉下来的时候，她就很潇洒地往后甩一甩头，这个无意中的习惯性动作，后来被学校里赶时髦的女同学竞相模仿。

第一节英语课小赵老师教了我们5个英语单词，还教了我们上课、下课时的几句简单英文问候语。譬如，上课时，老师说：Class begins（上课），Good morning/afternoon，students（同学们早上/下午好）；学生要对应着回答：Good morning/afternoon，teacher（老师早上/下午好）。她还单独教了我这个当班长的“Stand up（起立）”“Sit down，please（坐下）”等。

我们这些都是农村长大的孩子，不要说讲英语，就是讲普通话都十分难得，现在居然会几句简单的英语对话了，感觉很新奇。一下课，我们便七嘴八舌地用这几句话来相互打趣。回家后，还“鹦鹉学舌”地说给爹娘听。大人们啧啧称奇：你们的女老师“本事真大”，年纪轻轻，还会说“洋话”。

隔天上课的时候，我们师生就开始用英语对话。小赵老师说“Class begins（上课）”，我喊“Stand up（起立）”……刚开始几句还顺溜，同学中因为人多，里面即使有滥竽充数的也没事，而我这个当班长的，平时连普通话都讲成“古董话”，错把“Sit down，please（坐下）”喊成了“Class is over（下课）”，马上有人说“喊错了、喊错了”，老师皱皱眉，示意我再说一遍。我因不熟练，有点儿结结巴巴地再说了一遍，老师沉着脸让其他同学坐下，让我复述熟练了这几句话后再坐下。我从没被老师罚站过，脸上有些挂不住，但又不得不照办。

下课的时候，小赵老师说“Class is over（下课）”，我应该喊“Stand up（起立）”，可情绪不高一下突然忘了词，其他同学都七嘴八舌地帮我喊上了，课堂上一时有点儿闹哄哄。老师生气了：“你怎么搞的，老是说错，还是班长呢！”我红了脸，低下了头，觉得在全班面前丢大了脸，心里愤愤不平地想：“这有什么，不就是几句话嘛，大惊小怪！”

当年，英语是“副课”，期末考试成绩只有30%计入总分，大家普遍不重视。早自习规定读英语，不少人就偷着读语文，小赵老师不得不在教室内巡视检查。我邻座同学怕老师看见，就在课桌上放英语课本，膝盖上放语文课本，然后低头读语文，不幸被老师发现，收缴了语文课本。那同学有点儿“轴”，等老师转过身，他又如法炮制，这次在膝盖上放了本政治书，但是再次被老师收缴。

我想到上次小赵老师在课堂上让我遭遇的“尴尬”，就给邻座出了个鬼点子：把英语词语手册放桌上，英语课本放膝盖上，故意低着头……那同学“得计”领会了我的意图，一边装作全神贯注地看别科书，一边怕小赵老师没发现，故意弄出响声，引起老师注意。

果然，小赵老师看见了，匆匆走过来，一把拿起他膝盖上的书本要“没收”，翻转却见是英语课本，感觉上当，被捉弄了，就生气地把课本丢给了他，周围同学见状捂嘴窃笑。我得意地朝那同学挤挤眼，他则朝我竖竖大拇指。

课后，小赵老师叫走了邻座，我心里咯噔一下：“坏了！”不出所料，那小子“不地道”，“竹筒倒豆子”把我全“出卖”了。他回来了，我还以为老师会让他叫我去办公室，没想到带回一个更坏的消息：小赵老师很生气，“扬言”不和我讲“闲话”，干脆要直接去家访和我家大人面对面“交涉”，“告状”去啦！

家访就家访，“告状”有什么可怕的！我故作镇静，可心里还是很忐忑，况且下午有一次小赵老师在经过我们教室窗口时，居然朝我翻翻白眼儿，我虚张声势一扭头，扬起脸装作没看见。

上最后一节课时，邻座碰碰我又指指窗口，只见小赵老师骑着她那辆崭新瓦亮的“海狮”牌自行车，摇摇摆摆飘飘荡荡地朝我家方向的路上直奔而去。

那天放学，我磨磨蹭蹭地回了家，才知道小赵老师不但没有“告状”，而且听大人说，她一个劲儿地夸我，说我上课专心、作业认真、团结同学。等我进门，她转脸朝着我，继续表扬：“他尊敬老师，也特别懂事……”

说完，她意味深长地笑笑，我难为情地低下头，心里莫名其妙地有了点儿“小感动”。在接着的交谈中，我发现老师婆家原来就在我家对门，只是后来他们搬迁出去了，说起来两家还有一份很好的交情呢。

经过这次家访，有了那份“感动”，再攀上了这门“转折亲”，我和小赵老师的关系“顺溜”了，同学们和英语老师之间也度过了磨合期。那年期末考，据说我们班的英语成绩“史无前例”特别好，读初三的时候，小赵老师因工作出色，表现突出，经考核由民办教师转为了正式公立教师。

（2020 年 12 月 23 日）

夏副教导

山村里代了一辈子课的那个老教师突然生病死了，眼看着村校三年级没人管了，40 多个半大的孩子顿时成了一群脱缰的野马，天天把教室吵翻天。

公社教文卫组先后派出一女一男来做代课老师，哪承想这两个斯斯文文的老师，根本不是学生们的对手，降不住他们，都是笑眯眯地来，泪涟涟地走，气得上面不想再派人来，代课老师让村里自己选。

都知道农村孩子“野”，平时没人管得了，在山村这样的地方教书，做老师的一定要把握得住课堂纪律，否则，那些野小子会无法无天，闹腾得上房揭瓦，任课老师纵然有再高的水平、再好的方法也不能发挥出来，算是“白搭”。

大队部临时紧急决定，由杀猪的夏师傅来接替。由夏师傅做代课老师，首先是考虑到夏师傅长得一脸凶相，相信他能够镇得住班上那帮天不怕地不怕的浑小子；其次才是因为他高小毕业，是村人中学历最高者之一，而且算盘打得好，全村打得过他的人没几个。

确实，夏师傅，不，夏老师真的丝毫没有我们平常想象中老师的一般模样，他长得五大三粗，满脸的横肉，没有笑脸，一笑比哭还难看，一脸磕碜相。不说别的，单说他那一双伸展开来有蒲扇般大的手掌，十根手指特别粗壮，由于长年累月浸泡在一会儿热一会儿冷的水中，每根指关节处病态地鼓起红红一圈，十根手指根根如此。倘若这手一巴掌打在人身上，那人立马会切身地体会到“花儿为什么这样红”了。平时即使是百把多斤重、活蹦乱跳的生猪，一到他手里，他一个人能够轻轻松松搞定。

搞得定百把多斤的大肥猪，还怕搞不定几个小崽子！正是统统想到了这一点，夏老师代课当老师的事情，被大队部里的头头脑脑们痛快地一致决定了。

夏老师第一天到班里上课，果然不负众望。他往讲台前一站，不严自威，菜市场般热闹的教室霎时寂静无声。有两个愣小子不识好歹，蠢蠢欲动，想试着碰一碰老师威严的锋芒，趁夏老师转身在黑板上写字，小声讲起了空话。

夏老师装作没听见，不动声色地自顾自写完句子，然后转身站定，面朝全班，眼扫大家，厉声问道：“谁在讲空话？站起来！”

见没人反应，夏老师背着双手，慢悠悠地踱到那讲话的两学生课桌前——其实他早就听出来了，他低沉地再道一句：“站起来！”

两小子你看看我、我看看你，心存侥幸，妄想蒙混过关。夏老师不再费口舌，伸出双手，一手一个当胸抓住，往上轻轻一用力，即将两小子提离了各自的座位，接着，他像拎着两只猪崽似的，把两小子提到教室后面的墙壁前，往那儿不轻不重一推，两小子立定，后脑勺却仰后重重地碰在了墙壁上。那两人一皱眉、闭眼，给人感觉好像很疼的样子。而夏老师做完这一切，脸不红气不喘！

全班40多个人眼睁睁地看着这一幕，吓得大气都不敢喘，静得连一根针掉在地上都听得见，从此以后，班级纪律出奇地好，平时即便是课间，只要是夏老师轻轻咳嗽一下，人声鼎沸的教室内外立马变得鸦雀无声；其他任课老师要是管不了课堂纪律，只要一说去告诉夏老师，吵闹的学生立即会像霜打的茄子，蔫儿了下来。

我们三年级的班纪班风180度大变。

夏老师上的是珠算课，因为打算盘是他的一绝。算盘这种古老的计算方式，虽然现在早已被淘汰，却对人的智力开发极有好处。

夏老师先是教我们学加法，打算盘1+2+3……一直加到10，总和是55——如果不是的话，那是打错了，必须重来，期中考试就考这一个。期末考的是打算盘1+2+3……一直加到100，总和5050。

夏老师被推出来教书育人纯粹是一个偶然，纯属半路出家，但他为教好我们打算盘，还是动了不少脑筋的。

有一次上课，夏老师嫌我们打算盘打得太慢了，摇了摇头，想了想，回身从办公室拿来一张大算盘，自己在讲台前摆好马步，伸开蒲扇般大的手掌，让我们几个成绩较好的学生和他比试：双方打算盘从1+2+3开始一直加到100，他饶我们“三手”，即我们打一遍老师打三遍。换句话说，我们一遍打完了，夏老师三遍还没打完的话，就算他输。

夏老师想用自己独特的教学方法提高我们打算盘的能力。这就好比新手练打乒乓球，练习的时候一定要跟水平高的对手练，这样进步快，否则提高不明显。相信大家都明白这个理儿。

这样来回好几轮，我们虽然赶不上他，但打算盘的速度一遍比一遍快了。

接着，夏老师又让我们打算盘快的同学跟打得慢的同学配对，两人面对面一起打，催赶着慢的同学加快速度。几节珠算课下来，效果很明显，也激起了全班打算盘的兴趣，那些平时不太爱学习的同学也对打算盘来了劲儿，甚至觉得上夏老师的珠算课很有趣。

慢慢地，我们打快了，与夏老师的比试规则变成了我们打一遍、夏老师打两遍。到了最后，我们一遍刚打完，夏老师两遍也打完了。这是后话。

早先，夏老师在干杀猪活儿的时候，要起早摸黑，困了累了会喝点儿小酒提神，一小扁瓶土烧和一包下酒零食总是不离身的。下酒的零食，有时是几块猪肝，有时是几片猪耳朵，有时是几段猪尾巴，这个习惯他也带到了学校里。课余的时候，他躲开众人，会在自己的办公室里偷偷抿上一口。

班上珠算考试的时候，学生们按座位顺序一个个去教师办公室，夏老师坐办公桌一边，学生坐对面的一张课桌边打算盘。夏老师微闭着眼，显得若无其事，耳朵却听学生打算盘，他只要听着就能知道学生打到哪儿了、哪儿打错了。如果打错了，他就叫人重来，直到打得又快又准，要求人人过关。

夏老师长相“磕碜”，却也是个性情中人，他有一个有趣的奖励办法：看到你算盘打得好、打得快，学习成绩好，他会变魔术般地从靠墙抽屉的纸包里，用两个粗大手指，夹出几块猪肝或是几片猪耳朵，作为奖赏；并且，多数时候，他还按照打算盘的快慢、考试的好坏，以猪肝或是猪耳朵的多少来分等级奖赏。

在那个连饭都吃不饱的年代，几块猪肝或是猪耳朵就是天大的赏赐啊！

那些成绩好的同学常常得到这样的奖赏，回到教室里，吃得津津有味不说，还互相攀比着夏老师给的猪肝有几块、猪耳朵有几片，给谁的多、谁的少。那些成绩不很好的同学只有干咽口水的份儿，不要说猪肝吃不到，相反，有时算盘打慢了，还会"吃"到夏老师用粗壮指头做成的"爆栗"。

我幸运地多次得到夏老师奖赏的猪耳朵，而且，有一次，他听说我患了夜盲症，第二天特意带了大半片猪肝给我，用过年包果品的草纸包了让我偷偷带回家，告诉我一日三餐分开吃。果然，我的夜盲症马上好了。

后来，夏老师在用手指"爆栗"教训两个打架学生的时候，不小心把其中一个碰出了鼻血，恰巧那人是大队长的儿子，人家恶人先告状，夏老师有理说不清，被下岗不再上课，贬到学校后勤组，暂时管门、敲钟、打杂。

夏老师离开讲台，不让上课了，但对自己原来教过的我们三年级很有感情，以后班级四年级、五年级升上去了，他还一直时时刻刻关注着我们。平时，他看到我们班的教室里有人大吵大闹，就会立住脚，一双眼睛好似漫不经心地瞄来瞄去；别的任课老师在上课，我们纪律不好，他会在教室附近来扫一扫地，装作干点儿什么；甚至，我们班上有人到社会上去闯了祸，他都要过去"看一看""管一管"。

因为大家都怕他，有别的班主任管不了班级的，会来请夏老师去“走一走”，夏老师也不推辞，二话不说，起身前去“灭火”，人未到，四五十号人的教室里立刻会安静得像一下走光了人。后来，学校索性又给夏老师增派了一项巡视工作：让他上课期间在学校操场里走来走去，帮着其他任课老师维持课堂纪律。

果然，学校的校纪校风好了许多。

两年后，夏老师教过的我们这一届，班上竟有5位同学考上了镇上的市属中学，我也有幸成为其中一员。这在我们小山村是破天荒的事情，大家在纷纷庆贺之余，想到了这一切全都是因为有了夏老师！

于是，村民们多次呼吁，全校老师一致要求，大队部又临时开会决定，让夏老师重新回到教师岗位去带班，并且升任专管学校政治、纪律工作的副教导主任。

当然，我们的夏副教导上课仍然是教他的珠算课啦。

（2021年11月18日）

张校长

我村小毕业，就在本地横岙公社中学读初中。

横岙公社中学处于公社辖区范围的中间地段、腹部位置，即现在贺溪村办公楼后面，酒厂的位置是操场，操场边朝南一排房子是上课的教室，教室往西转连在一起朝东的是学校食堂，食堂后面是一口水井，再后面朝东一排是老师寝室，教室后是学生寝室，总共就四幢竹木框架、黄泥地面的平房。学校共有六个班级，初一、初二各三个班，等我们上来时才开始有初三年级。

我到社中读书纯属偶然。本来小学毕业我凭成绩可以直进市属梁弄中学，可父亲担心我年纪小，也怕增加家里负担，没有让我去梁弄上学，却找了老朋友张校长，于是我就这样稀里糊涂地进了横岙社中。

张校长是邻村人，刚全面主持学校工作，年轻有为，在师生中和社会上威信极高。我读初一、初二时，他教我们政治课，初一的时候政治课叫《社会发展简史》，就是人类社会从猿猴进化到人那一段历史。张校长教书认真，对学生要求高、管得严，上课时一发现有学生讲空话、做小动作，就马上叫他站起来，复述老师刚才所讲内容，只有回答出来了才能坐下，所以上他的课，大家注意力特别集中，纪律特别好。我想，还因为他是校长，学生们都有点儿怕他。

张校长上课有个其他老师没有的“独招”，就是每堂课开始，让学生回答上节课的问题，或者背诵重要章节，背不出放学后再去他那里“过堂”。

刚开始我们不适应这一“招”，往往在课堂上被他搞得措手不及，不少班干部也曾“不幸”被这“招”击中，在全班面前“丢人现眼”，年度评定“三好学生”时还被其他同学抓住这个“小辫子”不放。不过，时间久了，我们竟也能应对了，学到的知识点得到了很好的巩固。

张校长很有一套管理学校的方式方法。我既是班干部又是校学生会成员，几乎每个星期四下午放学，他都要召集我们学生会成员开会，了解学生课堂纪律、学习成绩，尤其是思想动态。

那时是“拨乱反正”时期，不要说家长，就是整个社会对教育普遍都不重视，学生流失严重，我这个班干部经常和老师一起下村家访，共同做“流生”工作。也因此，学校初一、初二年级的时候人多有六个班，升到初三时，不少学生要不下田干活，要不外出打工，人数缩减，只能编成四个班级。

张校长召集我们开会，还了解老师教书育人状况。当时农村学校教师奇缺，而且说实话，这些老师自身文化程度不算高，工资待遇、社会地位又低，所以，社会上没人愿意当老师。张校长重点了解老师上课能否掌握得了课堂纪律，学生是否听得懂，老师批改作业是否及时认真。当时，有学生干部反映，他们班在上英语课时，代课老师不够耐心细致，态度生硬，听不得班干部的意见建议，有一次见学生上课不认真听讲，竟大打出手，用上数学课的三角板垂直击打学生手背，天气冷，打得那学生手背红肿握不住笔。其他班也有人反映这个老师有严重体罚学生现象。张校长听闻此事，没有护短，会后当场叫来了那位老师进行批评教育。那位老师才稍有收敛，但不久又故态复萌，一年后被学校辞退了。

张校长对我特别关心，推荐我评“三好学生”，进学生会，入选公社“红花少年”、入团积极分子；每当我考试第一或者在全区学科竞赛中获奖的时候，他就会马上捎信给我父亲。

有一年，上面来了一个参加全县“三好学生”代表大会的代表名额，许多老师和同学都投票推荐我，我也自认为很有希望当选，不想后来去的是初二年级的班长，不少师生纷纷为我鸣不平。为此，张校长特地找到我父亲，专门做了说明和解释……

横岙公社中学在张校长任职那几年，面貌焕然一新，教育教学质量显著提升，迎来了“拨乱反正”后的黄金发展期。不久，他被提拔到市属职高当校长，当选市政协委员。

往事如烟，一眨眼已过去四十年，张校长也退休多年，那个曾经让我魂牵梦挂的社中，现已变得面目全非，原迹只剩下了那一口水井和那一排后来翻修过的学生寝室。

哦！我的校长，我的母校横岙公社中学……

（2021 年 8 月 4 日）

未来妈妈

小佳和她爱人既是我的同事，又是我寝室的邻居，更是我的好朋友。最近小佳有了身孕，即将做“妈妈”的喜悦与甜蜜，不仅时刻洋溢在她的脸上，而且还流露在她日常的一言一行上，“耳濡目染”中，我这“未来的叔叔”也深深地被感染了。

仅说小佳寝室里的墙壁上，到处是孩子的图片，简直是个孩童的世界。有掰着胖乎乎小手数数的“数数娃”；有仰着圆圆脸睁着圆圆眼睛的“圆圆娃”；有坐在澡盆中露着小肚皮拍打着水花的“嬉闹娃”……

据说，小佳为了买齐那套育儿书《半小时妈妈》，跑遍了整个县城，最后还缺第一本，于是又托我星期六去县城开会的时候买。离星期六还有整整四天时间，她几乎是每天都要提醒我一次：“哎，你去县城别忘了给我买第一本书哦。”后来碰面的时候，干脆就简化成两个字“买书”，再后来，连她先生也在她的“逼迫”之下，见面也跟我提这档子事，从星期二说到星期五。

说得我实在烦不胜烦，一次她刚说完，她先生“妇唱夫随”似的又接上一句，我脸上一下“晴转多云”：“烦死了，烦死了，都听得耳朵起老茧啦!”

她先生还想说什么，我就“疾言厉色”地“威胁”道：“你再说一遍，我就不给你们买了哦。”他只得低声下气地拉住我的手，一副欲言又止的样子。

小佳也想跟我“套近乎”，要来拍我的肩头，被我以“男女授受不亲”为由严厉制止了。她只得双手合十，说什么“不看僧面看佛面，看在以后当叔叔的份儿上，说什么也要帮上一次忙”之类的。

我只好反过来恳求她：“你别说累了身子，否则我的罪孽大了去了，我向毛主席保证，我一定会买的，好不好？”

说实在的，我这自称是“钢铁般硬汉子”的人竟十分情愿地跑遍了整个县城，买到了书。等我趾高气扬地把书送到她面前时，她又是鞠躬又是作揖，连声不迭地说“谢谢”，还公开宣称，这孩子以后长大，“第一功”要属于你这当叔叔的，等等，全然没有了他们结婚那天的羞涩！

前些天，我说有一盒少儿歌曲磁带很好听，她又“死乞白赖”地缠着我，问我哪里有卖。想起上次买书的事情，我想绷紧了脸不说，可又禁不住她的好言相劝，就说了出来。当即她托人去买来了。从此以后，她家的录音机一天三四次地播放咿咿呀呀的儿歌，我们这单身宿舍整天沉浸在少儿歌曲的海洋里了。

哎，小佳这未来的妈妈，要我们说什么好呢，只能衷心祝愿小佳和所有的未来妈妈们生一个聪明漂亮、活泼可爱的小家伙儿来。

（1991年12月20日）

老校长

我在中学教书最后几年，兼管学校后勤工作，办公室就在老校长斜对面，我俩可谓“低头不见抬头见”，差不多是天天在一起。其间，我耳闻目睹老校长的为人处世，现在想来颇为感慨。

老校长姓肖，常常穿一身灰色或者藏青色中山装及大头皮鞋，骑一辆重磅永久牌自行车。他为人和气，平易近人，丝毫没有架子。也因此，大家对他，除了一份尊重，便是一份随意：老老小小都管他叫老肖。即便是新分配来的青年教师，起先会十分尊敬地叫几天“校长”“校长”的，时间一长，看老校长随和，不计较别人叫什么，也就滑头地跟着老教师“老肖”“老肖”叫开了。一句话，在一个几十号教师的中等学校里，恭恭敬敬叫肖校长的人没几个。

那时候，确实不像现在这样臭讲究，一个没什么大不了的校级领导，就叫什么张校、李校、王校的。我是属于恭恭敬敬叫肖校长中的一个，从工作分配进校门起就一直这样叫，始终没有像别人那样叫过“老肖”。这倒不是因为他与我父亲年纪相仿，而且听旁人说，他们好像还是校友，可是他们自己从未主动说起过这些，大概是怕影响我工作。

我呢，也懒得去求证，说实话，我从没有得到过他的一丝照顾，也不稀罕那些照顾，而且还看不起那些靠关系让人提携照顾的人呢。再说，比起学校里那一大批由民办或代课转正的老师，我是正式“科班”出身，受到过正规师范教育，还怕干不过他们嘛！那时候，我正是这样自以为是、自命不凡地想的。

有一年，老校长装修完房子进住新屋，乔迁之喜，家里搬东西忙得很，学校里有年轻人提出想去帮帮忙，他都一一谢绝。我凭着与他的熟悉程度，在星期天抽空跑了过去，也被他“赶”了出来，只说下次喝喜酒时大家再一起过去。

果然，到了喝喜酒的那天，他提前给学校每一位老师打了招呼，邀请大家早点儿过去，提醒各位不要缺席、迟到。我们就按学校其他老师有喜事送礼的惯例，每人随礼“抽份子”，最后装入一个“大红包”，委托我这分管后勤的送了过去。老校长严肃又简洁地对我说了五个字：“人来礼不收！”

看着他十分坚决的样子，我没办法，回校照说，发还了每人的礼钱。这时，工会也准备按学校“老规矩”，要给老校长家买喜匾送贺礼，被老校长以“不准报销费用，谁买谁负责”相“威胁”回绝了。

那一次，大家去喝喜酒的时候都喝得很尽兴，纷纷向老校长夫妇敬酒道贺，本来我是从不喝酒的，这一次也满满地向他十分庄重地敬上了一杯。

我尊重老校长，他为人正气、正直，按我老家人的说法是“硬气”，他看不惯社会上的那些歪风邪气，不习惯请客送礼那一套。

我刚刚接手后勤这一摊工作时，学校里的两扇大铁门因年久破损严重，需要焊接修补，原来分管后勤的老师将门拖到附近厂家去维修了好几次。起先他们帮忙，单位里没收钱，学校这边也觉得有些理所当然：都是单位跟单位、集体跟集体的，相互帮助，收钱干什么？后来两三次，慢慢收钱了，第一次少点儿，第二次多一点儿，最后一次人家烦了，那边老师傅不想修了。后勤老师去说多了，老师傅就回话说："你们那么大的一个学校，再重新做两扇大铁门不就得了？"

师傅说得轻巧，学校哪有钱重新做铁门？连正常课桌椅子的维修经费都捉襟见肘呢。那后勤老师好说歹说，还是不行，师傅最后说："学校真要没钱做新的，那旧的再修一下，勉勉强强还可用两年，可是现在修起来工程实在大了点儿，再说我最近也很忙……"

后勤老师似乎听懂了这话的下半句，思忖估摸着自己麻烦人家太多，也该买两包香烟谢谢人家了，这是人之常情吧。回来他把买香烟送师傅的想法，跟老校长汇报，希望学校能够报销。老校长一听，头摇得像拨浪鼓："这个不行，这个不行！没地方好开支，无法列入项目的。"

顿了顿，他大概意犹未尽，像对那师傅又像是对后勤老师，追加了一句："这种歪风实在要不得嘛。"

后勤老师见状，觉得碰了一鼻子灰，想着自己马上就要调走了，以后再没提起这门子事情，厂里师傅也就拖延着没修，一直让两扇大门烂在车间后面的旮旯里。

我交接时，老校长把这个难题交给了我。我回到自己的办公室，想了想，去找了厂里领导，向他说明有关情况，请求厂里再给我们学校帮一次忙。厂领导也知道学校经费紧张，理解我的难处，就带我找到那位师傅，说服他再给我们学校帮帮忙。那位师傅见厂领导客气地给他发话了，也不好再说什么，当即表示：保证完成任务。一个星期后厂里通知我去拉门。

我就根据先前给厂领导约定好了的——照实维修，按章付款，然后将门拖了回来，又请那师傅装上。师傅临走时，我把从同学处喝喜酒拿来的一包“古松”牌香烟顺手塞给了他，那师傅不好意思，想推辞，被我真诚地挡了回去。

我开回来了发票向校长报销，中间修门的曲折过程只是轻描淡写地说了一下，送香烟给师傅的事儿忽略不计。肖校长似乎松了一口气，很高兴，说我头脑灵活，办事利索，连说“不错不错”。

肖校长对公家的事这样，公私分明，对自己家的要求更严。有一年，他丈母娘生病，肖师母准备将母亲接到自己家里来养病。因他们家仅有一间半楼房，他们夫妻和两个青春期的女儿住着，人多家里拥挤，没办法，只能在楼下客厅临时搭一张床。家里算计着该买一张新床，但再想想以后要是丈母娘病好了，人回去了，那床又会没地方安放收藏，正在为难之际，我听说了，就跟肖校长说：“上次有老师结婚，借了学校棕绷床，昨天刚刚还了回来，正在我办公室门口放着，要不，你们家也顺便借去用一用吧?”

肖校长不同意，怕别的老师有意见，说这样影响不好。我劝导他：“您像其他老师一样，出借条吧，有借有还。”他没说同意，也没有反对，回身忙别的事情去了。第二天，他犹犹豫豫地走了过来，想了又想，这才迟迟疑疑开口说话：“要不，学校里的床我还是借用一下吧，就按你说的出借条。”

我开玩笑地说：“您昨天回家受到师母她们批评了吧？早知现在，何必当初呢。”他搔搔头，不好意思地笑笑，推说去自己办公室写借条走了。不一会儿，他写好借条，交给我，我看着上面一笔一画端端正正的字迹，就小心翼翼地折叠起来，夹在笔记本里，认认真真收藏好，就和他一起出去搬棕绷床。我要帮忙送过去，他一口谢绝，原来他早叫来了大女儿，和自己一起用双轮车把棕绷床拖回了家。

半年以后，我要调离学校了，正在交接工作，肖校长派师母和女儿一起，气喘吁吁地把棕绷床仍用双轮车送还回来，当面交给了我。其实这事，她们不提我还差不多忘了呢。我赶紧翻箱倒柜，从顶层柜子抽屉里找到自己的笔记本，翻出肖校长的借条。于是，我们公事公办，她们一手交床，我一手验货，让人把棕绷床抬进储藏室，然后把肖校长写给我的借条放在桌上，四角压平，再恭恭敬敬地双手奉上，还给了她们。

（2021年11月18日）

大爹扎扫帚

父亲的老哥我们管他叫大爹，已经八十多岁了，身体还硬朗得很，虽多年不下田种地，但在家也闲不住，像这种阳光暖暖的冬日午后，他就会走出堂屋，来到院子中央，眯起老年人常有的带有血丝的双眼，抬头看看炫目的太阳光，往掌心吐上一口唾沫，使劲儿搓一搓，走向他的“工作室”，去干自己喜欢的老行当——扎扫帚。

大爹扎扫帚的“工作室”，就是正屋对面的小瓦房，那里平时是“闲人免进”的。他颤巍巍地取出裤腰上的钥匙，熟练地打开那把牛头牌黄铜大锁，伸手推开吱吱呀呀叫着的门，仰头从墙上拿下一件蓝色老式粗布围裙，摸摸索索沿腰边系上；顺手从门栅上抽出一把锋利的柴刀，小心翼翼别到后腰；低头从门后搬出一条又宽又长的木凳，转身从屋角拖出一大捆竹梢丝和三四根扫帚柄，着手开始他的“工作”。

这些竹梢丝是大爹早就备好了的。每年秋末，家里会雇人去自家山上砍竹出售，大爹就跟着上山，捡起人们从毛竹竿上打下来的一根根枝丫竹梢，集拢、理顺、捆起，让人拖到家里院墙边。为脱除上面的竹叶，顶管用的老办法是把枝杈竹梢叠成柴垛，让里面的青竹叶发蒸，这样发蒸后的叶子就容易脱落。这时最好不要被雨水淋湿，否则这些枝杈竹梢会发霉发黑甚至折断，影响以后的使用寿命。等过几天有太阳出来，大爹上前从柴垛里把枝杈竹梢一捆捆慢慢拔出来，解散、摊开，晒上半天一天的，然后轻轻抖一抖，枝杈上面的竹叶就纷纷扬扬脱落下来。大爹坐在长木凳上，精心地从枝杈上掰下一根根尺把长短的竹梢丝，细心地用柴刀修理齐整，耐心地用麻丝七八根一匝扎成小捆。

扫帚柄是毛竹脑梢做成的。大爹将其锯下来，削去上面的枝枝杈杈，在顶端仅留一个五寸多长的大枝丫；将短短的枝丫在微火上烤一烤，直到嗞嗞作响变得焦黄，趁热用他那粗壮的大手一拗，弯成一个钩子；在钩子往柄上一尺左右处削上两个对称的孔，以备后用。

那捆扎扫帚的青竹篾，也是经大爹特制过的。春天时节，大爹趁毛笋刚刚长成参天毛竹，独自上山选用茁壮的毛竹砍倒，锯去头尾，留用中间段，再将毛竹段从上到下劈开、分解、裁削成匀称细长的一根根竹条，再从竹条一端截面切入，剖开成一片片竹篾，竹黄篾另作他用，更加柔韧的竹青篾扎扫帚用。这时的竹青篾还不宜直接使用，须盘起来放到石灰水里浸泡，几天后取出在大铁锅里煮透，经这样处理过的竹青篾既有韧性又经久耐用。

捆扎扫帚在大爹手里显得轻而易举。他取过一根这样细细长长的竹青篾，一头固定在屋柱上，一头插入扫帚柄带钩子一端的竹孔里，绑定、拉紧，腾出一只手绑上一匝竹梢丝，从钩子开始缠上两三圈儿；再取一匝，再缠上两三圈儿，如此这般，呈扇形捆扎竹梢丝，注意要扎得紧，否则以后扫起来会松松垮垮，扫帚容易散架。就这样一圈儿又一圈儿，用竹青篾把十几匝竹梢丝扎成绑腿状，末端从扫帚柄上的孔里穿过，插进密密匝匝的竹梢丝内。这样捆绑的扫帚是不够紧实的，需在竹梢丝柄内再打入一根毛竹楔子，最后用柴刀修整一番，用砂皮打磨一下手柄，一把扫帚才告完工。

大爹扎扫帚，没人手把手教过，纯粹是看人学样无师自通的。他说自己刚开始扎的扫帚样子难看，捆扎不紧，往往用不到半个月就散架，后来自己慢慢琢磨改进，越扎越好，成了高手，附近村里的人就爱用他扎的扫帚。早些时候家里穷，他瞅空扎几把扫帚，除了送人，多余的托人去集市上卖，对家里也是一份不可缺少的收入。等他儿子即我堂兄长大，大爹曾想把这门手艺传承给他，堂兄却看不上这门“讨饭劳什”，也看不上那几个卖扫帚的钱，大爹只能一个人自顾自“把玩”他的扫帚“手艺”。

“幸亏”有我，每当放假从外地回家，我会跑过去帮衬他，当他的下手，我也曾试着在他的“亲切”指导下，扎过扫帚，可结果总没有他扎得结实，须得由他再重新扎紧一遍，反而给他添了麻烦。见我很难为情、过意不去的样子，大爹总会客气地说：“你的手是握笔杆子的，捏不牢这扫帚柄，干不了这粗壮活儿。”前天我回老家，过去看大爹，他刚刚老酒下肚吃完午饭，酒足饭饱之余红光满面、神采奕奕，见我进门，喜出望外，拉住我又要一起去扎扫帚，我也乐得当帮手……

大爹扎出来的扫帚紧密、紧实，就像他的为人一样实在、实诚。

（2021年3月3日）

爷　爷

爷爷是种地的好手，在我的记忆中，他似乎一生都是在和土地打交道，不知磨钝过多少把锄头，挑断过多少根扁担，洒下过多少滴汗水，爷爷的生命是属于土地的！

在我五六岁时，爷爷常常一头是肥料一头是我，挑着担子去种地。我怀里抱着爷爷专用的老式茶壶，上坡的时候，涨红着脸、憋足了劲儿喊："爷爷，加油！爷爷，加油！"爷爷哈哈大笑，急忙换个肩，说声："爷爷年纪大起来了，等你以后长大了帮爷爷挑。"有一次，爷爷还为我做了一把小锄头，让我跟他学刨地，爷爷似乎在一厢情愿地规划、安排着我的未来。

后来，我要上学了，爷爷出来阻拦："读书能顶个啥？以后还不照样种地干活！"但遭到了全家人的一致反对。爷爷没法子，又嘀咕道："做农民能识几个字就够了，邻家的小子初中毕业有啥用？他的力气还不如我七十岁老头儿！"我仗着他的"宠爱"，要拉起手与他比劲儿，爷爷"吓"得倒退一步，连声说道："算啦算啦，好好读书，我老了将来还得靠你们。"

我考上了大学，一下转成了"居民户"，家里要把我户头上的承包田退还给生产队，爷爷高兴之余，十分惋惜，不时叹息："真舍不得那上好的田，可惜那田要让给别人家去种了。"母亲劝他："他已是'国家'的人，不用种田了。"爷爷摇头："那咋行，庄稼人不种田靠啥吃饭?"爷爷总忘不了他的土地。

几年前，大伯家想摆摊做生意，爷爷破口大骂："十商九奸，好好的田地不种，净想些歪门邪道。"后来大伯家发了，要接他去住，被他一口拒绝，弄得大伯尴尬不已。

我工作后，家里为我在城里买了一套房子，我就请爷爷到我这里来住，他很高兴。不料，没住几天，他却嫌厨房对着抽水马桶、到处是"洋房"水泥地，没他的地可种。后来他曾经尝试着在小区荒废的花坛里拔草、翻土，被社区干部看到，马上被责令"恢复原状"。

一次，他和我聊起了生活在城里不习惯，我半开玩笑地说："城里地皮紧，连人死了都没地方葬，要火葬的哩!"爷爷怕火葬，怕死了被烧掉，当时过了好久没说话，第二天，他就借口该种秋芋艿了，嚷嚷着急急地回去了。

（1992 年 11 月 21 日）

手 杖

祖母走的时候，带走了我送给她的两根手杖。

自七岁起，我就和祖母睡一床。祖母不会讲故事，只会讲新中国成立前她所受的苦难和凌辱，直讲得话语哽咽，我也泪流满面。从辛酸的往事中我逐渐认识了祖母。

有一年，我身上生疮，半夜里疼得几次醒来“哇哇”直哭，祖母也就几次起来用舌头舔我的疮口，用唾液滋润着疮口周围的皮肉。我是痛在背上，她是疼在心里啊！

不知是出于对祖母的感恩戴德，还是因为父亲作为乡村里公认的“孝子”的影响，我对祖母也一直怀有一种对慈母般的挚爱。

一次，祖母去邻居家串门时不小心跌了一跤，在床上躺了半个月，我就一直守在她的身旁，还暗暗决心要为她做根手杖。

于是，我锯来一小截樟木，用柴刀削好后弯成了弓形，用砂纸砂光滑，凿上眼做手把，再削好一根短木棍接上，经油漆一漆，成了一根手杖。那一年我才十岁。

也就是从那时起，这根手杖从未离开过我祖母。后来我渐渐长大了，不再跟祖母了，但对祖母的那份情意反而更浓了。

我读大学时，去奉化溪口旅游，看到店里各式各样的手杖，心中不禁一动，想到小时候做的手杖已经旧了，该替祖母买一根好的了。于是我拿出口袋里仅有的二十元钱，留下六元做路费，买了一根新手杖，送给了祖母。

祖母当时高兴得不知说什么好，提着新手杖走遍全村，向人夸耀，却舍不得用上一次。

每当我满头大汗地回家，洗脸时，白发苍苍的祖母总会拄着旧手杖颤巍巍地走过来，要替我擦背，我不让，怕她累着。她就用浑浊的眼睛看着我，把举起的手放下，失望地叹息一声。

这时，我赶忙上前恭恭敬敬地递上热毛巾，把头服服帖帖地弯在她的面前。祖母就一手拄着手杖，一手在我的背上一下一下地擦起来。有时她的长指甲触着了我的皮肤，我就会夸张地惊叫起来，惹得祖孙俩哈哈大笑……

祖母是拄着我做的那根旧手杖走完她生命的最后旅程的。她走之前，一再关照要带上我送给她的手杖，我们就遵从了她的意愿。

（1993 年 5 月 20 日）

祖　母

祖母七岁死了爹娘，被卖到我祖父家当童养媳。童养媳的日子是苦不堪言的。

有一年，祖母不堪忍受要逃跑，半路上被追回，五花大绑着被悬吊在祠堂里，由家族里的人轮流鞭打，最后硬逼着祖父动手，直打得祖母皮开肉绽。那情景与《红色娘子军》中女奴琼花逃跑被抓回来后受刑的景况无异！可小小年纪的祖母只是咬着牙，不吭一声，更没有掉一滴眼泪！

等有了我大伯，祖母才被允许去上海，在一家富户当奶妈。由于她的忠实、勤快、能干，女东家拿她当知心人，小东家更离不开她，管她叫“阿陈姆妈”。阿陈，是因为祖母姓陈。

不久，日本人占领上海，祖母随东家逃难至宁波。那年寒冬腊月，衣衫单薄的她一人蹲在河边，洗了整整一天菜，又冻又累又饿。祖母说，她实在熬不住了，背着人号啕大哭。东家听到声音，以为出了什么事，走出来看。祖母的哭声就戛然而止，再没流过第二次泪。

生下我父亲后，祖母回了家。这时，家里只剩下了病得一副骨头的祖父。祖父要看病，祖母就东借西凑弄钱；家里要造房，洗菜烧饭里里外外全归她一人顶着。

祖母四十岁的时候，祖父死了，留下了为他看病花费的一屁股债。她只是把眼泪擦了擦，毫不犹豫地挑起了全家重担。当时全家五口人：祖母、大伯夫妇、精神失常的我姑和年幼的我父亲。一年后我唯一的姑淹死了，祖母欲哭无泪。

年轻守寡的女人，在那时的环境里是如何生活的，是现代人难以设想的！谁都可以在你的身上踩上几脚，祖母唯有默默地忍受着。这还不说，为一心培养年幼的我的父亲，祖母还要受大伯的气。幸亏，我父亲很争气，边劳动边读书，断断续续念完了初中。不能不说，这是祖母为祖父家做下的一桩最大的“功德事”。

没有眼泪的祖母，是坚强的祖母！

（1993年7月8日）

裙　子

母亲是个地地道道的农家妇女，上山砍柴，下地种菜，干了大半辈子，都快六十岁了。这几年，大家都好吃好穿的，可母亲还穿着过去老年人穿的蓝布衫。记得前年夏天，小妹曾提出要为母亲买条裙子，被母亲一口回绝，那神情语气仿佛是让她去做一件丢人现眼的事。

今年夏天，小妹又旧话重提，自然遭到了母亲的反对，但语气不像上次那么无回旋余地，小妹说了一长串的道理，举了一大堆她在城里看见的许多老年妇女穿裙子的例子。母亲没有反驳，只是一声不吭地听完，然后淡淡地说："按理隔壁小王城里来的丈母娘年纪比我大多了，穿着裙子也挺好看的。"小妹见状，心中有数。

第二天，小妹"趁热打铁"，赶快买来了一件黑色老年百褶裙，但母亲死活不肯穿，在我们苦口婆心的轮番"攻势"下，才答应在家里试着穿穿。

一个月后，我出差回家，母亲刚从外面进来。我眼前一亮：母亲竟然穿上了裙子！见我盯着她，她倒觉得不好意思起来，她告诉我，她怕人家议论，先在老年同伴中试探着说起穿裙子的事。同伴们没说什么，反而都说小王城里来的丈母娘穿着的裙子“样子挺好的”。于是母亲在家里穿起了裙子，一次偶然出门被人撞见，人们没有议论，倒有不少农村老太太扯着她，说“这裙子真好看”“是谁买的呀”“你真好福气”，说得母亲有点儿飘飘然。

母亲终于安安心心地穿上了裙子。

（1994年10月27日）

母亲做鞋

母亲今年八十多岁了，除了腿脚不便，眼不花，耳不聋，闲暇之余，常常摸索着给家里的第三代做布鞋。

早年间，家里买不起鞋，兄弟姐妹几个的鞋子大多只能由母亲自己做。这样，母亲白天要去山上田间劳作，夜晚要在灯下缝补纳鞋，辛苦劳累得很。

做鞋子，要说难也不难。每次，母亲把春天时晒好的毛竹笋壳摊平，比画着我们平时穿着的鞋子大小，有时候还直接让我们光脚丫比量，用铅笔画下来，剪成两个大小一模一样的笋壳鞋底儿，分别用薄布包好，细针缀起来，成为两个鞋底儿样。

接下来，母亲再把鞋底儿样正面朝下平放，将平时积攒下来的零头碎布均匀平直地在上面叠码起来，估摸着厚度差不多了，用大针整体简单地缀起来、固定牢，再用剪刀沿底样边缘大致剪成鞋底儿状，等到纳完鞋底儿最后切割齐整。这样的鞋底儿叠上两只，接着便是纳鞋底儿了。

母亲做得很细心、用心，她说："做鞋子底子要打好，否则鞋子会做不好，穿不长久。这跟做人的道理是一样的。"

纳鞋底儿时，要用又长又粗的铁针，从边缘一针挨着一针来来回回循环穿针引线，逐渐扎向中心，手劲儿要大，越到后来鞋底儿越瓷实，长针越难穿透，要用戒指一样的“顶针”顶一下，才能穿得过。

母亲纳出来的鞋底儿“针脚”匀称、有序，密密匝匝、整整齐齐，像她做别的事情一样，总有板有眼、一丝不乱。

鞋帮儿是利用一些做衣服时裁剪下来的新布料做的，作为“出面相”要好些，衬里的布料可以相对旧点，但都要成整块、大点儿。有的人家没有一整块可以做鞋帮儿的新布料，手巧的妈妈会用几块大小裁剪均匀、花色搭配合理的碎布，对称缝制作为两只鞋子的鞋帮儿，等到做好，小孩子家穿出去，能收到意想不到的效果，受到众人的交口称赞。

做鞋帮儿要用糨糊，母亲烧一锅水，把小麦面粉倒上，为增加黏性，还掺和一点儿糯米粉，搅拌成糊糊状。农村人管做事不认真，就说是“捣糨糊”。这时，母亲就会笑着告诫我们：“做任何事情，是来不得半点儿马虎的，千万不要像捣糨糊一样。”

母亲把一块块大布料用糨糊粘贴在门板上，旧的朝里、新的朝外，就像现在人家房子装修贴墙纸一般，要贴得弥合、均匀、平直，再放在太阳底下晒干燥，到时候依样裁剪成鞋帮儿。

鞋底儿与鞋帮儿的缝合是个技术活儿。按照母亲的说法，有两种缝法，即“沿齐”和“铺底”。所谓“沿齐”，就是针线沿着鞋底儿与鞋帮儿在外面直接缝合起来，一针一线都露在外面，相对好缝些。这种鞋子主要是给小孩子、年轻人穿的。所谓“铺底”，就是把鞋帮儿沿边稍稍往里折一点儿，针线沿着鞋帮儿往里折进的这部分与鞋底儿在里面缝合起来，一针一线都藏在里面，相对难缝些。这种鞋子主要是给老头子老婆婆、年纪大的人穿的，就是现在“老北京”布鞋“老头鞋”的那种样子。

纳鞋底儿和缝鞋帮儿也是个相当费时费力的活儿，要耐心。因为熟能生巧，也为了省煤油、省电，母亲不用眼睛看，也可以摸黑穿针引线。

刚缝好的鞋子轧脚、不合脚，要用相应尺码的木头楦子楦过。楦的时候，母亲把楦子分头套进鞋尖、鞋跟，中间根据大小插入几枚楔子，插紧实了，喝一大口水，用嘴巴把水均匀地喷在鞋帮儿上，使整个鞋帮儿从面到角到边受力均匀。然后在阴凉处晾干，一双鞋子就这样做成了。

有些年头农活儿忙，快过年了，母亲来不及做鞋子，外婆偏爱女儿，会带两双鞋底子过来；大姨也会想着照顾妹妹，送来一张自己赶做的上好的鞋面子。这些亲人们的好，母亲经常向我们提起。

母亲做出来的鞋子，样子虽不怎么好看，但穿进去合脚，大小合适，穿着舒服，而且结实、经久、耐用。我已经好久没有穿她做的鞋子了，不是她不想做，而是我们不让她做，怕她累着，我们就推说她做的鞋子不好看，还是外面买的好。母亲懂我们话里话外的意思，她不生气，只是无可奈何地笑笑说：“现在人老手脚笨，做不好了，当然买的好啦！”

深秋的一天，母亲坐在太阳底下，闲不住，又让我拿出她放在床头的针线篮，帮她穿好针线。她手指戴上顶针，抖抖地开始纳一双小小的鞋底儿。看着她不慌不忙穿针引线的样子，我的耳边不禁响起歌曲《中国娃》：“最爱穿的鞋是妈妈纳的千层底儿，站得稳、走得正，踏踏实实闯天下……”

（2021 年 10 月 18 日）

缕缕人情

老　张

老张是一个嘴上长着几根稀稀拉拉胡子的中年教师，不知为什么，他的背驼得很厉害，侧面看像一株长熟了的向日葵，但他脸上总挂着微笑，不管你是原在的同事，还是刚调入的新人，喊声“老张”，再往他肩上一拍，老张准会一边诺诺地答应一声，一边从上衣口袋里用手指夹出一支香烟，笑眯眯地给你递上，有时还会给你点上。总之，老张是个有点儿刻板但很随和的人，这么多年了，我还没见他跟谁动过火。

不过，最近有一次老张发火了。那是因为刚分配来不久的小王毫无理由地提前五分钟下了课，人家班级在上课，他班的学生跑出来，扒在老张正上课的班级窗口，学生之间相互挤眉弄眼，而且连续两节课都这样！

听到下课铃响，老张没喊“下课”，人已跨出了教室门，脸上“乌云翻滚”，气势汹汹地走进办公室，“啪”的一声把教本往小王老师的桌上一掷。

小王不明就里，刚叫声“老张”，并且习惯性地伸手要往老张身上拍，老张一把推开小王的手，劈头问道：“刚才隔壁班是你上的课?”

“是呀。”小王不解。

“你在干什么?”老张铁青着脸。

“我在上课呀。”小王也收敛了笑容。

“你在上课?上的什么课?”老张的手指有点儿发抖,“提早下课,岂有此理!”

“我只不过提早了几分钟。好,你工作负责你来上!”小王不甘示弱。

这可把老张气得够呛:“你这小子,国家给你工资,学生家长把子女交给你,可你偷懒,不遵守教学时间,对得起自己的良心吗?”

大家闻讯连忙把老张劝住。几天后,小王老师主动找了老张老师道歉,开口一声“老张”,无意中又想拍他的肩,突然意识到了什么。老张呢,仿佛什么也没发生过,仍慢吞吞地从口袋中用手指夹出一支香烟,笑眯眯地递了过来,又夹出一支自己叼上了。

(1992年10月21日)

小青村长

三年前的那个星期天，我的一个朋友把我们带到了四明山一个叫岩上村的自然村落，参观她亲戚正在开发建设的山庄项目，结识了后来被我们叫作村长的老板——小青。

岩上村，离集镇五公里，不到三十户人家，因房子沿山岩而建，远看就像整个村庄建在大石上而得名。二十年来，因外出打工、小孩就学，山民们不断外迁，到了21世纪初，整个村庄搬迁一空，成了名副其实的“空壳村”。朋友亲戚也就是小青老板，利用留下来的原有村舍民房，在这里投资兴建民宿山庄。尽管现在整个村里，有且只有小青一个真正的村民，但大家还是嘻嘻哈哈地一致晋封他为岩上村村长!

其实吧，小青村长+老板，一点儿也没有村长的架子，也没有一点儿老板的样子，倒像个工程队队长、一个包工头，而他说自己就像个农民工！不高不矮的个子，结结实实的身板，黑黝黝的皮肤，戴一副黑框眼镜，一双机敏而灵动的眼睛，只有当他站在了村中央的大石头上，这才让人觉得他确实是这个村里的村长，也应该是这个村里的老板。

他话语不多，不事张扬，我们对他一个外乡人，似乎是心血来潮来山区投资充满了许多好奇和疑问，可他是，你问才说，不问就不说。

在我与他的一问一答中，我约略知道，他是义乌人，1994 年以前就读于宁波某技术类师范学校，在学校里，最大的收获是追到了班花+校花之一。尽管说得有点儿不好意思，但我分明从他一闪而过的眼神中，感觉到了他的一丝得意和狡黠。

学校毕业后，他被分配到一家国企，按部就班在机械车间上班。有天晚上夜深人静，他忽然发现自己的人生已经被规划好了，可以一眼望穿到头，感觉实在于心不甘。于是，他就在工作不到六个月时，向厂里辞职了。

辞职后，他先跟着做纺织品生意的父亲到处跑，等到增长了一定见识、积累了一些经验，在父亲支持下，他在乡镇企业遍地开花的江苏盘下一家工厂，办起了织布厂，几年后又连带着开了家服装公司、做外贸生意，再后来，投资股票，但不冒险炒股、做期货……

就这样干了十多年，也许是上苍眷顾厚爱，凭着一颗极其聪明精明的数学脑袋，以及颇有远见的生意眼光，年纪轻轻的他成了身价过亿的小老板。这时，他又不想再干下去了，把辛辛苦苦经营十几年的厂子卖了，把服装公司委托给别人经营，自己年终只凭干股分红。

他觉得自己现在有钱了，小时候、学生时代所向往的金钱、物质的目标达到了，对金钱物欲也就看淡了，他怕自己精神空虚无聊，就开始全国各地跑，新疆、内蒙古、西藏……有时候独自一个人开着路虎，多数时候三四个朋友组团，一边跑，一边做义工，还和几个志同道合的朋友在当地组建了一个义务抢险救援队。无论何时何地，只要接到险情救援请求，他会毫不犹豫，立即自带救援设备开车前往。直到现在，他一直都是有呼必答、有求必应。

这样过了一年多，他感觉好像又该做点儿什么事情了，就邀上了三个好朋友一起来到云南，投资千万搞了个药材基地。这一回，可没有以前一样的好运气了，不到三年工夫，全亏了，用他自己的精准描述是：颗粒无收、血本无归。

有点儿郁闷的他不想马上回家，就在云南那边晃荡，有一天他看中了一个山清水秀的好地方，想把家安顿在那边，把所有的家人都接过去……后来，他从外面回来，带着父母来到梁弄丈母娘家，因为天热，就和两家人一起去四明山上的农庄避暑。在山上，望着眼前的四位老人，想到喜欢在庭院侍弄花花草草的妻子，一个激灵，富有孝心爱心的他，有了在这一带投资建设民宿山庄的念头。

说干就干。从 2016 年下半年开始，他一个人驾驶着一辆红色越野车，在几个山区乡镇跑来跑去，预选了好几个地方，设计了好几种方案，但都不是特别满意，只好放弃，最后才在四明山上看中了这个岩上村。2017 年 4 月，他一个人带着行李被铺来到了这个前不着村后不着店、破破烂烂的小山村，开始了他的民宿山庄圆梦之行。

万事开头难。他真正过着白天是老板，晚上睡地板的生活。他和工人们住在村口一栋农家房子里，这是七间二层四成新的石头房，底楼是烧饭吃饭间、工具仓库间和一个木工工场；二楼阁楼上是大家睡觉休息的地方，靠最东边那个小房间，才是小青自己的卧室，里面一张简易高低床，上面是一床薄薄的垫被，好像一年四季就没有加厚过；一条卷成一团的半新不旧的被子，好像一年到头都没有理顺过。听员工说，小青起得老迟、睡得老晚，属于昼卧夜新鲜。我们戏称这里为藏龙卧虎之地！

他不讲究吃喝玩乐，好像天生不会享受。他不会喝酒，一喝就会上脸，仿佛一桌子人的酒他一个人全喝了；他只会抽烟，会一支接一支地抽那种细细的女士烟；他不吃小灶，仅仅吃点儿烧饭大嫂从大伙锅里留出来的菜，而且每次都要在人家酒足饭饱后，最后一个人姗姗来迟，简简单单、匆匆忙忙吃点儿，一日三餐，天天如此。

他像对待自己的孩子一样，尽心侍弄着他的建设项目。从对工匠员工的精心挑选入手，不招新手、生手，只雇了三四个上好的老木工、泥水匠和七八个熟练帮工；对留下来的村舍民房，不搞大拆大迁，以旧修旧，力求保持原汁原味村落状态；也不搞商业开发，依样画瓢，尽量凸显农家院风貌。（为此，他冒着风险，宁愿不要这里的土地产权证，因为如果要土地产权证，土地就要公开招拍挂，就要把所有在地面上的建筑物推倒夷为平地。）

他信奉慢工出细活儿，不求进度只求质量，有时候为了修好一个造型别致的老式门框、一堵风格迥异的老式墙面，会让工匠师傅造了拆、拆了建，直到自己满意为止。他的口头禅是“要么不做，要做就做自己满意的”！

他不愧是个理工男，动手能力强，好像什么都会。他会设计，把自己的一些奇思妙想画在图纸上，并让几个工匠师傅一看就懂；他会做木工，不用画线，直接手锯木板，锯出来居然又平又直；他会开手扶拖拉机，就是现在很难见到的、长柄的、方向很难驾驭的那种，在工地上正好被用来装载泥沙石子，他能够稳稳当当行驶在山间小道上。

在小山村的工地上，大型的工程机械施展不开手脚，他就去买了一台小型铲车。去年台风暴雨期间，村道被泥石流冲毁，铲车师傅因故没能来上班，情急之下，他跳上铲车，亲自摆弄调试，竟无师自通地开动起来，不一会儿，他能轻松自如地干活儿了！

小青村长就是这样一个人！直到目前，他已经在他的宝贝项目上投入了2000多万元，工程顺利完成了一半多。当然啦，今后小青村长的工程还会继续，小青村长的梦想还在进行，小青村长的故事还会延续……

（2020年7月1日）

红总外婆

第一次碰见红总夫妇是在一次登山健身活动中。午饭间，我们健身群里按惯例各人随带自己的酒菜，拿出来一起共聚共餐共享，红总拿出来的是一大袋子早晨“淘来”的牛鞭，把些个喜酒人士乐坏了，引得从不喝酒的我，也馋得出手提溜上一节牛鞭，抢过别人的啤酒，一仰脖子喝了一中杯。

红总笑眯眯地看着大家大快朵颐，自己却推说要减肥，一口都没吃。以后几次，她随大伙儿的喜好，每次都带来了香喷喷的新鲜熟牛肉或者熟牛鞭，供大家下酒下饭。这事至今还在群里面为几个“美食家”津津乐道，一谈论起来还让人大流口水。

后来，有群友“爆料”，红总是一家广告公司的内当家，她先生毛哥，由于人家叫“毛总、毛总”的他嫌不好听（“毛总”听起来像“毛棕”呢），更由于他的低调谦虚，甚至“忍让”“牺牲”，红总就自告奋勇、当仁不让地充当起了公司“老总”。还据他们瞎扯，在我们这帮群友中，红总和毛哥两人有这么几个“第一”：第一个来余姚城区开公司的，第一个闷声“发大财”的，第一个住星光别“野”（墅）的……

红总热情好客、豪爽大方。起先我也没怎么在意他们夫妇俩，只是吃过几回她带来的牛肉牛鞭，听说过有关她的一些“名人逸事”而已，真正使我对她刮目相看的，还得从一张照片说起。

有一次我去乡镇，在一个余姚日报老笔友的办公桌上，看到了一张早已发黄的老照片。照片是20世纪90年代初几位优秀通讯员在报社年终表彰会上的合影，其中一位小姑娘，短短的小辫，圆圆的脸庞，粗粗的眉毛，大大的眼睛，满脸稚气，一副可爱的邻家小妹样，我怀疑这个小姑娘是红总，向那个笔友求证，他说时过境迁不记得了。

那时我还是个“菜鸟级”的写作爱好者，常常为自己偶尔在报纸上发块“豆腐干”习作而暗暗自得其乐，对这么早就能被评为优秀通讯员、受到隆重表彰的“成功人士”非常羡慕，尤其像红总这样小小年纪就“大有作为”的，简直要肃然起敬啦！

我连忙在万能的微信群里呼唤，向大家要红总的电话号码，经热心人牵线搭桥，终于问到了。我兴冲冲地拨通她的电话，她还以为我这个陌生电话是推销保健品的，干脆利落地说句“正在开车”就一把挂掉了。我的一腔钦佩之情立时减半，当我再次拨通，并且赶紧把大致情况简单说明后，她倒来了兴致，说：“你等等，等我把车子靠边停一停。”我以为是她也忘了这事，要好好想想、回忆起来再跟我说。

等她停车毕，她却兴奋地告诉我，当然还记得，那个小姑娘就是她，她到现在还保存着那张照片，偶尔有空的时候还会翻翻看看呢，想不到现在居然会有人提起它，这让她很感兴奋。

她似“他乡遇故知”般地跟我说，那时她在乡镇机关参加工作不久，利用业余时间，凭着自己的兴趣爱好辛勤笔耕，在余姚日报上不断发表文章，体裁有通讯、散文、诗歌还有小说，收获颇丰，所以说起来还记忆犹新。本来我还想向她请教一些什么的，但见时间不早，她要赶路，两人匆匆结束了通话。

等再次碰到红总时，已是一个多月后，几位群友又相聚在一起爬山了。这一次午饭，红总说由她来请客，她先生毛哥已经在附近“农家乐”里安排好了。在别人的杯盏交错间，我终于怀着十分钦佩的心情，虔诚地当面向她讨教了一些写作要点、投稿窍门，她也毫无保留地和我分享了她的工作经历、写作体会。只是美中不足的是，她最近几年因公司生意忙，再也没有精力动笔“爬格子”写稿了。我觉得相当可惜，深深为余姚日报流失这样一位写作高手而感慨不已。愚以为当一位公司老总易，做一名报界写手难。但我还是和她碰了杯，祝福她家生意兴隆、多多发财。那次我破天荒地喝醉了酒。

以后的日子里，她忙她的，我忙我的，一起碰面的机会不很多。只是偶尔看到我有习作发表，她会欣喜地在群里面点个大拇指，有一回还居然发了好几枝玫瑰，惹得男群友们发出了酸溜溜的“啧啧”感叹声。还有一次，她在看到我的新作后，特意“拨冗”打电话给我，鼓励我今后好好写作、多多发表，到时候在她的公司里帮我排版一下，弄个集子印印。我一听，赶紧打断她的话头，打躬作揖谢谢她的美意。要知道，写东西可是一件非常费神耗力的事，我不想为那集子劳“命”伤财呢。她见我如此断然决然、不识好歹，似乎枉费了她的一片好心，还没等我说完，留下一句“拜拜”就率先挂掉了电话。

最近的一次，是得到了她和毛哥“荣升”外公外婆的喜讯，群友们为他们欢呼雀跃，在群里纷纷发出滚烫火热的祝福。这时，认真的副群主在扳着手指逐个历数一番后，认为红总俩是我们群里第一个“升格”、拥有孙子一代的。大家吵着闹着要她请客，都不约而同地叫起她“红总外婆”。

于是，从此在我们群友中，“红总外婆”的美称就这样被欢天喜地地叫开来了。

（2021 年 9 月 29 日）

袁政委

“袁政委”是我们健身爬山队里的“政委”。我们爬山队是有“组织”、很“正规”的，有正副队长和政委，而且仿照抗战名剧《亮剑》里的说法进行了工作分工：队长负责爬山开路、搞聚会活动，政委负责拟发通知、做思想工作。袁政委是位女老师，圆圆的眼睛，圆圆的脸庞，圆圆的手臂，圆圆的身材，再联想到她分工做思想工作，专门在队员们之间打圆场，不由得让人暗暗点头：袁政委果真是个名副其实的“圆政委”。

在爬山队里，袁政委负责拟发通知，因此在爬山前查找线路、起草通知、发布消息等，是她的分内事。大凡开展过活动的人都知道，干这种活儿考验的是组织者的耐心和细致，而我们的袁政委干得井井有条、扎扎实实，甚至还有点儿乐此不疲。别的不说，只说起草通知吧，每一次活动前，袁政委总要提前三天在群里征求意见，然后和正、副队长商量一番，再动手拟写通知。

本来一则通知，换了别人就简简单单地写明时间、地点、参加对象即可，翻不出什么新花样。可我们的袁政委不愧为语文老师出身，拟写的通知跟别人不一样，而且是一次一个样，内容除了时间、地点，还把活动的目的、意义及线路的特色亮点、攀爬中的注意事项，讲得清清楚楚、明明白白。更令人叫好的是，袁政委不单纯是为了出通知而出通知，还会别出心裁地在通知正文开头前或者结尾处，另外附上一些有针对性、类似于“名言金句”的开场白或者结束语。

譬如：这路上，有过人头攒动的春之热闹喧嚣，也有铺满黄叶的秋之寂寞清凉；其实，这世上本没有路，攀爬的人多了便也成了路；有人说，如果人生上半场是追逐成功，那么，下半场则是达成意义的旅程……有充满诗情画意的，有蕴含人文哲理的，读起来朗朗上口，读完后还让人回味无穷。

这个爬山队的“政委”不好当，“思想工作”不好做。队里三四十号人，以教师、医务人员为主，来自各个单位，职业不同、经历不同，不少人相互之间完全不熟悉，群里面一句话、一种表情，都有可能引起误解、不快。就说有关爬山队起名字的事儿，那是六年前爬山刚成为健身新时尚时，袁政委和朋友五人相约去爬山，建了个微信群，因参加的都是年过半百、自称老太公老太婆的人，她提议群名谦称“五阿太”爬山群，队伍就叫“五阿太”爬山队。后来入队、进群的人越来越多，有人在群里提议改队名，名称各种各样、五花八门的，群友们争论不休、莫衷一是，谁也说服不了谁。

袁政委在静静看完每个人的发言后，说：“‘五阿太’这个名字是有点儿老旧，我们通过一起健身爬山显得返老年轻了，是不是时尚一点儿，改为五个‘@’，即‘@@@@@’，从字形上看，象征着‘手拉手，好朋友’；至于寓意嘛，高大上一点儿，就‘自由、快乐、环保、健康、和谐’。大家说好不好啊？”众人在群里一个个伸出拇指："政委，ok！"

在爬山的时候，尽管行进路线有软件"六只脚"，但毕竟带队的队长和队员都没有踏勘过，免不了要走错路、走冤枉路，害得人们白花力气，这对在前面带路的是个压力。袁政委怕大家有想法、有怨气，就主动站出来解释：前面带路的人也是第一次走这条道，靠软件指路，山上有时候信号不好或者没有信号，都容易指错路，反正我们是出来走路健身的，图的是高兴，多走几步，正好歪打正着是个考验。

人们听了也都连连称是，表示队长他们在前面一边要找路、一边要开路，确实非常辛苦、不容易。由于队员们都素质高、有教养，相互理解、谅解，自爬山队成立以来，队里队外从没有发生过一起矛盾纠纷，袁政委她们几个"队领导"也都配合得相当协调、默契。

不过，也有一次例外。那是在一个初冬的早晨，队伍走着走着前面出现了两条道路，根据软件轨迹显示：一条大致五公里，前面有陡坡、山岩，路途险峻，较为刺激；另外一条大致八公里，以古道为主，较为平缓。大多男队员都嚷嚷着要走第一条，其他人包括许多女队员表示吃不消还是走第二条，嘻嘻哈哈中队员们产生了"分歧"。有一对夫妇，老公要走第一条道，老婆想走第二条路，三言两语之后争论有点儿激烈起来，要分头各顾各走了。本来一起出来开开心心的事儿，现在反倒要闹别扭了，带路的队长很为难，不知听哪一个的好。

这时，袁政委说了："我也认为大家不必都集中走一条道，那条险道走的人多了也不安全，不如我们分组分开走，队长和我各带一组，想登岩的跟我，愿走古道的跟队长，12点前在手机图标中的大坪里会合，这样行不行?”众人七嘴八舌表示同意。袁政委又特地征询那对夫妻，只见老公点头，老婆说“好”。于是，人们就兵分两路又有说有笑地上路了。

事后，人们都称赞袁政委真能急中生智、随机应变，打开僵局真有办法，袁政委笑了笑，说道：“其实我也是听你们的，你们不是要各顾各分开走嘛，我只不过是顺水推舟、顺势而为罢了，也算是‘在危机中找新机，于僵局中开新局’吧。”

（2020 年 10 月 14 日）

紫曦队长

紫曦是妥妥的一位美女医生，阳光的脸庞，健美的身材，开朗的性格。据说，她在班级里的时候是班花，在山村里的时候是村花，在医务室里的时候是室花，当然，在我们爬山队里她仍然也是一朵队花。有队员这样写道：她爽朗地一笑，阳光就明媚起来；她轻轻地一跑，成了一道亮丽的风景……

不知从什么时候起，爬山成了健身运动的新时尚，紫曦医生夫妇成了我们中间这一时尚的引领者，鉴于她先生甘为“人梯”、愿为“幕后英雄”，大家就毫无争议地推举她为爬山队队长，她们家位于乡间的别墅，自然而然也成了我们爬山队的基地、落脚点和活动中心。

队长他们夫妻俩热情好客，在他们的乡间别墅里，有一个温馨的家。她先生宋老师烧得一手好菜，不论队里有没有活动，每当有队员光顾她家，到饭点的时候，队长会一边打着电话，招呼正在附近的爬山队员来吃饭，凑个一圆台面；另一边催促着宋老师又烧又煮，整个七大碗八大碟的，还捧出茅台或者五粮液泡制的杨梅酒。吃饭的时候，队长带领着一桌子人在品尝宋老师高超厨艺的同时，还不忘端起杨梅酒、“闷倒驴”酒吆喝着，连旁边不会喝酒的我，也会跃跃欲试地干上一杯，不弄个把人闷倒在沙发上决不罢休。

队长还盛情邀请队员去她父母家，由她老父亲掌勺，端上自家种的蔬菜瓜果，品尝真正的农家菜，烧完菜的老人家还会来桌上和年轻人喝酒干杯，杯盏交错间感觉好不温馨。队长妹妹家正在开发一个山庄项目，自开发起，队长带大家去山庄聚餐、宿夜，把寂静的避暑山庄弄得好不热闹。队长舅舅家种了一大畈西瓜、桃子，成熟的时候，她带上队员们一起去吃，临了还让大家带上，将西瓜、桃子塞入各人的汽车后备厢。舅舅家有一个九十多岁、眉清目秀的老外婆，只是耳朵有点儿聋，眼睛却不花，还会看小说呢，大家在酒足饭饱之后，就听老外婆讲书上的故事、“老底子”的事儿，其情浓浓，其乐融融。

其实这个爬山队队长可不好当呢，幸亏队长组织能力强。在队里，以教师、医务人员为基本成员，有同学，有同事，有朋友，还有夫妻，人多想法也多。每次爬山活动前三天，队长要找好适合队里大多数人的线路，山不能太陡，要以丘陵缓坡为主；路不能太远，十公里左右旅程；时间不能太久，大半天工夫，中饭时间安排在半路上。基本确定线路后，在群里公开报名，明确注意事项，提醒带足水果饭菜，不限酒水。等到爬山那天，通知在某个地方集中统一出发，不少时候都在她家的乡间别墅集中，停好车辆再出发。

队长头脑活络，动作灵敏反应快，每次出发的时候，她总是开着那辆吉普车，旁边坐着宋老师，身后捎带着不会开车的其他队员，车子跑在最前面。上山的时候，她背着沉甸甸的登山包，里面放满了各种水果、菜肴，又一路领先带头。她一手拿着手机，查看软件“六只脚”上的路线，一手拿登山杖拍打路面，赶走蛇虫开道。这些本该是男队员做的事，却都由队长自告奋勇、当仁不让地一人包揽了，而队里的几个大老爷们儿也乐得自顾自和宋老师陶醉于明媚阳光、纵情于青山绿水。

山路多是平时极少有人走过的，不仅不好走，还时有蛇虫出没，好几次有大蛇从前面爬过，还有树上的黄蜂窝、地上的旱蚂蟥，常常吓得女队员花容失色，男队员也噤若寒蝉，一般人都有点儿吃不消，可队长颇有大将风范，指挥若定，要求各位注意保护好自己。

印象最深的是有一年秋天，穿插杉木林的时候，有一位男队员感觉裸露在外的腿肚子先是痒痒的，后来有点儿麻痛，低头一看，见上面不知何时爬上了三四条旱蚂蟥，正饥渴难耐地在拼命吸血。其他人见状，也撸起各自的裤管儿，不看则已，一看都吓了一跳，差不多每个人的腿上都有几条不等的旱蚂蟥匍匐在上面，大家立时大呼小叫、手忙脚乱起来。队长不慌不忙地把自己脚背上的四条旱蚂蟥用小木棍一条一条夹掉，再在脚背上抹上风油精，回头又帮身边吓坏了的女队员夹，边夹边示范，嘱咐大家不必惊慌失措。夹旱蚂蟥这活儿听着就腻心，可队长却满不在乎！霎时，队长在大家心目中的形象又高大了许多。

队长平时注重健身，体格健壮力气大。有一年春天，春寒料峭，她带着十多个队员一起去登本地最高的山峰道士山。一路走来沟沟渠渠不少，由于大雨过后不久，沟渠里都涨满了水，人不时地要跳跃着从上面过去，好几次较大的水沟挡住了人们的去路，队长就和几位队员往沟里抛入大石头，她踮着脚尖试着踩踩稳当，然后一蹦三跳着跨过去。大家也学着她的样子，依次跟上前去。有的人怕弄湿了鞋袜，走得很小心、很缓慢，也很艰难，队长看看时间，怕来不及赶到计划好的目的地，心里有点儿焦急，她急躁地蹲下身，卷起裤管儿，催促大家走得快一点儿，自己带头远远地在前面开路去了。

这时，来到一条有两米多宽的大溪边，过不去了，想绕道又绕不过，队长和几个队员找到大溪的最狭窄地段，投进几块大石头当垫脚石，还没等别人码完，她就身先士卒跨了过去，不少胆大的队员也跟了过去，几个胆小的却愣在原地，斯斯文文的宋老师也混在其中。队长在溪对面叫了几声，见没人听她的，就转身返了回来，来到大家面前，指导着督促着，还是没人响应。

队长有点儿郁闷，就“举贤不避亲”地从自家人下手，在人堆儿里拉过宋老师，让他带头先走，宋老师正在犹豫着要不要先过去、算计着可不可以过去。队长急了，弯下腰，一把拉住宋老师的右胳膊，连拽带拖地背上他，两人踉踉跄跄地过了山溪，看得旁边的人张口结舌、目瞪口呆，正愣神呢，队长再次返过来，问剩下的人，还有哪一个要她背过去的赶快答应一声。人们再也不好意思了，只得硬着头皮、拄着登山杖，胆战心惊地蹒跚而过，有实在害怕的女队员，最终还是由队长搀护着过了溪。

事后，人们纷纷把队长围了起来，有人出鬼点子，要求她再背着宋老师转上一圈儿，大秀一把夫妻恩爱。队长毫不犹豫，大大方方地来到宋老师面前蹲下身，倒是宋老师显得很不好意思，在众人阵阵的欢呼声、喝彩声、鼓掌声、雀跃声中，队长不十分轻松地把宋老师背上，趔趔趄趄地转了大半圈儿，待周围的人拍足了照片，才气喘吁吁地放下。在场的二十六个队员无一例外地佩服队长，称她真不愧是一个“拿得起、放得下”的人。于是，大家把队长围成一圈儿，整整齐齐地伸出大拇指，前后左右对准她，毫不吝啬地齐声赞美：“队长真牛，队长真好！队长不是医生，是天使；队长不是女人，是女神！”

（2020 年 8 月 30 日）

肖双副

我们爬山健身队里真是人才济济、藏龙卧虎，队员肖医生默默无闻间竟有相当于教授级的职称，是本市某大医院堂堂副院长。起先一阵子，大家都没怎么在意，她也不怎么“显山露水”，后来“疾风知劲草”“日久见人心”，在一次爬山中偶然碰到的一件暖心事，提升了人们对她的看法，以致她“后来居上”，被人们一致推举增选为爬山健身队副队长。

在队伍刚成立半年不到的一次活动中，七八个人一起去雁湖古道爬山，快到岭上，碰到一个六十多岁的农妇跌坐溪底正在呻吟，走在前面的肖医生第一个跳了下去，来到农妇身边。原来农妇在山上掘笋挑笋回家，走在溪边石头路上，脚下一滑连人带笋摔到下面。队员们都围了过去，肖医生镇定地指挥大家都闪开，不要乱动农妇，怕她受伤错位的骨头受到第二次伤害，待自己详细问明情况，才叫上两人一起小心翼翼帮农妇摆正身体部位，然后动手做了初步救助护理。感觉农妇伤势不轻，肖医生立即联系“120”，发觉来车救助不方便，就让人打电话叫农妇儿子来抬人，又打电话联系自己医院，吩咐单位同事做好准备。待农妇两个儿子赶到后，又把刚才联系好的单位同事的电话号码交给他们。临走时，肖医生又细细叮嘱一番，还掏出300元钱悄悄地塞进农妇口袋。

后来，此事在市广播电台做了宣传报道，也在全体队员中传扬开了，大家都被肖医生的善心热心、爱心细心所感动，觉得应该让这种德才兼备的同志来当我们的“领导”、出来为大家服务，就“临时动议”，增补肖医生为我们的副队长。

可是不久，队里发生了一件令人哭笑不得的麻烦事。由于肖医生在单位里职工叫她肖院副，在爬山队里又被队员叫成肖队副，一次在搞集体活动的时候，一会儿有人叫她肖院副，一会儿又有人叫她肖队副，不想竟因称呼与别人“撞车”，搞错了对象而产生了不必要的误会。为此，队里再做“紧急磋商”，规定一律统称肖医生为“肖双副”。

“肖双副”作为队里的副职，能很好地把握自己的“角色定位”，大多数时候发挥着为“队长”出谋划策、查漏补缺，为队里添砖加瓦、锦上添花的作用。譬如，队长打算爬古道，她就主动从其他兄弟健身队里要来几条线路，并问清各条线路的长短、陡缓、险峻、风光等情况，供队长“决策”拍板；队里一些人因初次爬山没经验，有没带登山杖的、有没戴遮阳帽的、有没带风油精的，也有没带矿泉水的……反正总有人丢三落四，这时候，“肖双副”就会慷慨地从自己车上或包里拿出这些物品来，默默地随手递上，要是她自己没有的，就自作主张地从她先生那里“抢”过来；爬山要求午餐各人自己随带，因她先生烧得一手好菜，每次爬山那天的早上，她破例起得早早地去菜场买菜，让先生烧上好几塑料盒，尤其是她先生烧红烧肉特别拿手，每次她们总要带来满满的一大盆，一起供大家分享。

“肖双副”在一丝不苟地履行着自己的职责，有人劝她“悠着点儿”，戏谑“穿鞋要穿布，队长要当副”，她听了不以为然，觉得既然大家这么信任她，让她当“副”，就不能只摆摆样子，并且适当的时候也应该“当仁不让”“舍我其谁”。

就说有一次，十多个人一起去爬茭湖岭，出发的时候，原来带队的队长因单位临时有事不能参加了。这时候，“肖双副”没有退缩，挺身而出，煞有介事地当起了“代理队长”，挑起了带队开路的担子。路上，除了继续给个别丢三落四的队员递登山杖、递遮阳帽、送风油精、发矿泉水，还时不时停下来，看看队伍后面，等等落单的人，问候一下在队伍里“带病”参加的队员。

那次活动，碰巧行进线路要从“肖双副”老家村庄穿过，当时大家都没怎么注意，但她早悄悄打发她先生，抄近路到了娘家，让老妈杀鸡剖鱼，先生操刀下厨，准备了满满一大桌农家好菜，翘首等待队员们的到来。等大家被带进村庄农家院子，正又饥又渴，眼前突然出此美味佳肴，都感激得说不出话来——恭敬不如从命，我们一个个都迫不及待、狼吞虎咽、大快朵颐，嘴被可口的饭菜给堵住了。

（2020年12月9日）

平湖一枝梅

我的朋友平湖和我妻子的朋友一梅，是一对真正的帅哥美女，是生活中的模范夫妻，也是我们长跑队的一双运动健将。但凡省内各地及省外附近有马拉松赛事，只要家里单位没事相阻，平湖报名了，一梅也会紧随其后，并且赛后成绩不相上下，可谓“夫唱妇随”“比翼双飞”。

听说，他俩的恋爱经历颇具戏剧性。那还是平湖在上军校的时候，有一天感冒得厉害，实在撑不住了，就去当地的陆军医院配药，出来穿过一幢药房楼时，突然开始咳嗽，因咳得太厉害就势蹲了下去。这时，从楼上掉下一个枕头，一个绣花枕头，一个香气扑鼻的绣花枕头。

原来，楼上栏杆有人在晒被子，摊开来不小心把枕头给抖落出来，掉了下来。只听上面“啊”的一声，传来一个女孩子的尖叫声。枕头不偏不倚砸中平湖的头，接着马上滑下，幸亏他平时训练有素，手疾眼快，一把抓住快要掉到水沟里的枕头。

他不由得抬头往上看看，发现有一个女孩子也在上面看着他，四目相对，大眼瞪小眼，霎时都不作声，镇住了。平湖手捧枕头正在不知所措，那女孩儿却“噔噔噔”地跑了下来，看着他却不马上接过枕头，稍微一愣神，觉得他抱着枕头像抱着一个小孩，傻乎乎的样子有点儿滑稽，不由得哈哈大笑起来。

平湖在江南山区长大，按农村说法，头上被砸了“女人”的枕头，感觉有点儿“晦气”，正不自在，见她不道歉、不问好，还取笑他，就有点儿不高兴。他像报复似的气哼哼地把枕头也往她的头上扔去，然后不说话转身就走。她一把接住枕头，“哎哎”了两声，想追上去问问，脚却没动。

这个女孩儿就是一梅，一位典型的北方姑娘，性格豪爽大方，刚才不加掩饰地哈哈大笑，就是她的这种性格使然。事后，也是她从当医生的小姐妹那里查问，知道那个眉清目秀的新兵蛋子姓甚名谁、来自何方，就主动去找了他。

情由“相”生。平湖本不想在北方找对象，可见那个叫什么“梅”的女孩子，实在名副其实：人家那个“梅”，可不是那个发霉的“霉”，是确确实实美丽的“美”。于是在相互交往中他果断地增加了百倍的主动性，双方互相见着顺眼，一来二去，就偷偷地好上了。

平湖要转业了，女方家长才得知两人的事，他们也是最后知道的，起先并不赞同，认为一个南方佬，一个北方人，性格差异大不说，并且相比较一梅家条件好多了：父母都是双职工，家里人口少，没山没地，净吃“商品粮”；平湖家呢，情况正好相反，父母双农民，就他一个吃“商品粮”的，而且弟妹多，山地多，家里人的眼睛正吧嗒吧嗒，指望靠他有朝一日“翻身得解放”呢。

一梅家父母实在舍不得女儿“下嫁”到这样的人家，怕她会吃亏、吃苦，可又拗不过女儿，遂心生一计，让平湖在领取结婚证前，写下“婚前保证书”（估计现在的婚前财产公证就来自此种“恶劣”行径），主要内容有：新郎平湖保证不让新娘一梅上山砍柴、下地种菜，绝不让她受苦受累、吃苦吃亏，云云。

之后的事实证明，倒不是新郎平湖不把一梅当新娘，而是一梅甘把自己当平湖婆娘，在“前”新郎、现老公家里自觉自愿放下身段，重活累活一起干，大事小事一把抓。

两人婚后的生活恩爱如初。再说平湖、一梅都有好酒量，杯盏交错间，自然更加相敬如宾。不过，平湖的酒量显性点儿，一梅的隐形些，只是初次喝酒的人，往往认为平湖酒量好，一梅不咋的，喝到后来，才会发现一梅酒量跟她先生不分伯仲，而且越到后来，一梅喝酒的劲头会越高。当她先生喝到无言无语的时候，她就有说有笑了，看起来似乎酒量好过一筹。

有一次，大家聚餐喝酒，有一男同胞，不明就里，仗着号称“海量”的酒量，见一梅推说身体不舒服，不想喝酒，就纵容她、逼她喝酒。凡有过喝酒经历的人都知道，女同胞要么不喝酒，或者真的不会喝，一喝就有可能深不可测，更何况，一梅是土生土长的北方人呢。那男同胞那次可就结结实实栽进这个“坑”啦。

只见一梅不慌不忙地拿起一个八两装的白酒瓶子，对着眼前桌子上的两个大杯子，“哗哗哗”地分别倒满，然后，自己随手端起一杯，慢悠悠、轻轻松松地一口气喝完，再微笑着朝众人晃一晃，意思是杯空了、一滴不剩；又用杯子指指对方，表示该你了，也一滴不剩吧。

那男同胞一下子傻眼了，尽管先前已经喝了不少，但没办法，自己说出去的话啊，眼前就是一杯毒酒，也只得端起杯子喝了。他也不慌不忙地干了，不久却偷偷溜了出去，再没有返回来，他醉了，蹲在卫生间里起不来了。从此以后，一梅“一战成名”。

平湖、一梅酒量好，喝酒豪爽，为人处世也豪爽。朋友间、跑友中有事要帮忙，他俩会毫不犹豫，倾囊相助，热情相帮。有一次，我在大热天中午路上车胎突爆，给平湖打电话，请求救援，他二话没说，放下碗筷，驾车飞速而来，让我感动万分……

（2021 年 10 月 28 日）

阿　金

阿金曾经是我教书时的同事，也是我女儿小学数学的辅导老师，是我心目中的一位“金牌”老师。她本姓金也有名，可大家都十分尊敬而亲热地叫她阿金或阿金老师。

那是我刚调入新单位、和她同处一室的时候，在办公室八位老师中，她年纪最大，我和其他人都比较年轻，年纪最小的是刚分配、老家在异地的小王。阿金平日里待人亲切，乐于助人，她热心地给小王介绍女朋友，小王老家方言管阿姐叫“阿妗（音，近‘金’）”，小王就亲热地叫她“阿妗”“阿妗”的，科室其他人觉得这个叫法挺“酷”，再说年长为尊，也学着跟着叫“阿妗”。后来日子长了，学校里、社会上，甚至在家里，大家也分不清或根本不分什么“妗”与“金”，反正都这样跟着顺口地叫她“阿金”或“阿金老师”。

不过，后来我们办公室私下里“分析”“总结”认为，在对阿金老师的称呼中，不论是“金”或“妗”，其真正的含义，既有因为她姓金而“金”，也有因为她年长而“妗”，更多的是因为她教优而“妗”和“金”吧。

阿金是学校里的数学教研组组长，是我心目中的“金牌”数学老师，是小学数学教育的“大姐大”，在整个县城都有名气。不知她用什么法宝教的数学，学校里的奥数班她年年领衔带队辅导，且年年获大奖；凡经她教过、指导过、点拨过的学生，数学成绩总能“点石成金”般地得到显著进步。

那时候，女儿随我刚刚转学进城，从乡下来，基础很不扎实，尤其是数学，看到奥数题目就发怵。我是教语文的，看着女儿既着急又无奈。阿金正在带奥数竞赛辅导班，她主动对我说：“让你女儿每天放学后来我班里，让她来旁听一个学期，保证有效果。”不久，听女儿说起，阿金老师的课由浅入深，常常让她豁然开朗，现在上数学课她听得津津有味。半年下来，女儿的数学成绩果然有了大幅度提高。

阿金也是我心目中的“金牌”班主任，是我做好班主任工作的标杆、榜样。她管理班级、管理学生很有一套自己独特的方式方法，所在班级每年都得先进。有一学期班主任分班，有一个相对后进班，大家推来推去都不想接手，阿金就自告奋勇：“我来试试看吧。”接手后，阿金找来一张学生课桌，放到教室角落，当成自己第二个办公地，课余饭后一头沉到班级里。她重新调整班干部，随时与学生面对面谈心，及时与家长沟通交流。在班上有一个领头吵闹的相对后进生，没人管得了，阿金就让他坐在自己课桌旁边上课，还让他配合老师监督管理其他同学，下班后再让他来报告自己和班级一天来的学习情况，督促他做好家庭作业，再顺道护送他回家。一学期后，那孩子有了很大转变，成绩也有了明显提升，班级面貌也焕然一新，任课老师反映都很好。大家都心知肚明，这背后不知倾注了阿金老师多少心血！

在我心目中，阿金也是“金牌”级段长。学校办公室是按级段安排的，我们五六年级属于高段，阿金是我们高段的级段长。她平时总是大姐般地对我们关爱有加，帮扶着年轻教师的健康成长。有一年，学校评先进，我们高段推荐了阿金和小朱，但在学校总评的时候，不知什么原因小朱被刷了下来。阿金认为这样不公平，马上找新来的校长抱不平：小朱工作积极肯干，成绩出色，应该多鼓励培养，如果学校要搞平衡，就把她自己的名额换成小朱。最后，校长觉得阿金的话很有道理，特意为小朱增加了一个先进名额。

阿金虽然仗义，但也是有原则的，对小年轻们不负责任的表现，会不留情面、敢于批评。有一次，一个小王老师因为谈恋爱，作为班主任的他放松了对班级的管理，一度影响工作。在科室会议上，阿金就提出严肃批评，直到小王红着脸连连检讨为止。别的老师见状也都深受教育。

阿金豪气有担当。一天午后，办公室门外来了一位满身酒气的家长，撸着袖子，扬言要找小方老师“算账”。原来是他儿子在上课时讲空话被小方批评，回家告了状。待在办公室里的几个年轻人有点儿怕事，阿金老师闻讯赶过来，对着走廊大声责问：“谁敢在这里胡闹？这里是教书育人的地方，哪里容得着你在这里发酒疯耍无赖！”转头又朝办公室里：“小方你不要怕，有我呢！小朱你快报警，就说有流氓在学校里闹事，事情闹大了我负责！”

老师们看到有人站出来，都涌了过来。那家长认识阿金老师，一看这阵势，酒醒了，知道自己不对，连忙放下身段给小方老师道歉。事后，人们对阿金更加尊敬、崇敬甚至崇拜了。在她这个级段长带领下，我们高年级段办公室里大家互相关心、和睦相处，团结得像一家人。

如今，阿金老师已经退休 10 多年了，最近听说她在热衷搞慈善公益活动：在去景宁贫困地区的时候，给留守儿童捐款 1 万元，团委要给她颁锦旗，她却推辞不要；慈善总会开展“一日捐”，她又主动掏出 1 万元钱；平时在街头巷尾，要是看到有落魄乞讨的，她会大方地摸出一张 100 元……那天我在家里提起了她的这些事，女儿也说她经常碰到阿金老师曾经教过的同学，大家只要一提起她，都禁不住啧啧称赞。阿金老师真是“雁过留声、人过留名”啊！

（2020 年 9 月 13 日）

阿　万

20 世纪 70 年代末 80 年代初的时候，社会上自行车还是个稀罕物，不要说买得起的人家很少，就是会骑的人也不多。村里的阿万兄从小脑瓜聪明、脑子活络（思维敏捷），他还在刚刚读高一的时候，就学会了骑自行车。

那时，他在班上有一个要好的同学，家庭条件较好，经常骑一辆西湖牌自行车来上学，是那同学利用放晚学回家的空当，教会了他骑车。要说学车并不难，关键是要胆大不慌，眼睛往前，车头把牢。在同学帮助下，阿万经历了几次摔倒、爬起、再摔倒、再爬起以后，开始不用人帮忙，自己一只脚踩地，一只脚蹬车踏板，会摇摇摆摆地往前骑了。

不久，家里有急事，让他立即回去一趟。当时回家没有公共汽车，只能靠走。那同学得知情况，就把自己的自行车借给他使用。回家要走的是盘山公路，经过几个山岭，尤其要经过又陡又险的高地岭。可阿万却天不怕地不怕，骑上车，头也不回地绝尘而去，傍晚回来时人车毫发无损。倒是那同学一直放心不下，很替他捏了一把汗。

等骑车熟练以后，有一次阿万借车回家，居然把同村四个同学的书包，前后各两个用小扁担挑在肩上，身后车架上还顺带一个人，就一手把住车头、一手把稳担子，晃晃荡荡地沿着盘山公路，翻山越岭回了家。见到的人无不说他胆子大、车技好。

有过相同经历的人都知道，刚刚学会骑车的人，最是馋着惦记着想骑车过一会儿瘾。阿万在同学那里虽然骑过几次，但总觉得那是人家的车，不如自己家的，也过不了瘾。他是家里的小儿子，平时爹娘宠他、惯他，他就跟爹娘吵着闹着，让一定要给他买一辆自行车。

爹娘拗不过，托人千方百计转买了一辆二手货。车旧是旧了点儿，但有总比没有的好，即使骑着在村里兜上一圈儿，也能引来不少羡慕的目光。尤其是几个年轻人，不但借了车去学车，等到学会了又总来借车使，多数人还真的有事情，有的只是想出去显摆显摆、出出风头罢了。

阿万自从有了自行车，连路也不愿多走一步了，哪怕一丁点儿路程，也要以车代步，不要说有事，即使没事也要找事骑车往镇上跑。平时村里人没工夫，上街买东西也不方便，见他常常去镇上，就来托他顺便捎带，他都一一痛快地答应，带回来后还不厌其烦地骑车挨家挨户送过去。有时在路上，碰到熟人，他会主动停下车，要么捎上人家一段，要么帮人家捎上手里提着的东西。大家都夸奖他，说他人好心热，乐于助人。

阿万的自行车本来就已经很旧了，再经那些车技不好的同伴不时摔摔跌跌，半路上车子常常罢工，不是掉链子，就是破胎漏气。有一回，他刚推车出家门，三天前补过的后轮胎又破了，幸亏他从小在家里就爱捣鼓，自己动手试着修理也不是一回两回了，算是“久病成医”吧。他把车推回家，拿出工具，三下五除二地把后轮胎拆卸下来，熟练地剥出里面的内胎，只见上面已经是补丁摞补丁的样子。他给轮胎打足了气，放在水里，看到冒泡的地方，找到了破漏处。还是用老办法，他剪下一块破雨鞋皮，用钢锉锉薄，又在轮胎破漏处锉上几锉，再分别在两个锉过的皮面上均匀涂上胶水，看看差不多干了，就把雨鞋皮粘贴在轮胎的破漏处。

他听人说过晚稻草柔滑、有韧性，这时突发奇想，从柴草房里扯来一捧干燥的晚稻草，打理干净，塞入车子内胎，填满后再打足气，试着骑骑感觉不错。他索性把前胎也扒了下来，塞满稻草，如法炮制，效果居然挺好的。这滑稽的一幕，刚刚被他小姐姐看见，她不由得嗔骂弟弟鬼点子真多。

骑着这样的自行车，当然会有出洋相的时候。一次，他带同学去书店买书，回来的路上前轮胎破了，只得让同学自己走着先回校，本来好心好意想帮同学的忙，现在反而害得人家跑了冤枉路。像这样半路上“掉链子”，做好事不成的事情出了好几档，时间长了，免不了有人会埋怨嘀咕几句，他觉得不好意思、很难为情。

回头到家里，他立即跟爹娘吵吵着要再买个新一点儿的。爹娘觉得，上次给他买二手货已经用了家里生产队半年的分红，已经心疼得不行，这次断然拒绝：“买新车没门儿！”阿万寻思着，没门去哪儿找门呢？也算是天无绝人之路，一次去街上，他偶然听修车师傅在跟人聊买零配件组装自行车的事儿。说者无意，听者有心。阿万的机灵劲儿又上来了，心里豁然开朗：对呀！他行我也能啊，再说自己试试总无妨吧。他向全家宣布：家里既然没钱买新车，那他自己动手组装一辆总可以吧，但买零配件的钱要向各位化缘。

家人对他自己组装自行车都摇头表示了怀疑，不抱太大希望，但架不住他的再三再四纠缠。他爹这次不再说有钱没钱，只是明确表示：要是能用，他愿意把他这副老手老脚卸了，直接去当自行车的零配件。看来在爹这里没了指望，他就没脸没皮地跟三个姐姐讨，最后还差一点儿，索性去跟娘要。就这样，他从这里讨一点儿，那里要一点儿，筹来钱，马上去镇上买来零配件，镇上没有的，央人去县城的时候带回来。

功夫不负有心人。不到一个月，他看看配件差不多买齐了，就趁星期天，把破自行车推到柴草房里，怕别人笑话，关上门不让人看见。他把旧车上的零部件小心翼翼地一件一件拆卸下来，耐心地在上面贴上标签做好记号，再一堆一堆分别摆放在地上。为节省成本，他物尽其用、好用尽用，擦洗干净旧的，留下来能用的，扔掉破了坏了实在不能用的，再换上新买来的，依葫芦画瓢，一一照原来它们在车上的部位安装回去，顾不得吃午饭，忙碌了整整大半天，才终于完成。

他在自家院子里先试着骑了两圈儿，发现车子龙头有点儿紧，三角档有点儿松，链条有点儿卡，整个是费力不轻松，也不够安全，得让那个修车师傅检测一下，再适当加加固。去求人家师傅帮忙，总不能空着双手去呀。想到爹放在抽屉里的姐夫送来的香烟，估计求爹肯定又会碰钉子，就去求娘，娘听了他的想法，觉得儿子干的倒是正经事，就从他爹放香烟的抽屉里偷偷拿了两包新安江给他。

阿万连忙揣在兜里，连骑带推地来到镇上，把车子送到修车铺，顺手把那两包烟放进了师傅口袋。师傅推让了一下，马上就蹲下身，把他的组装车仔仔细细检查了一遍，连说他手艺不错，安装得也很到位。只是在几个部位、环节上，师傅把上面的一些螺帽螺丝重新拧了一遍，在一些关节点、枢纽上注了些机油，抹了点儿润滑油，一番整合后车子骑行起来，省力、使得上劲、轻快多了。

吃晚饭的时候，阿万喜滋滋地把车骑回了家，直骑到大门口轮胎碰到门槛，人才从车上下来，把新组装的车子扛过门槛，堂而皇之地放在了正屋中央。他爹正在为香烟“失窃”的事情冲娘发火呢，见状才悻悻作罢。回头细细想想，毕竟自己的儿子没人教、没人帮的，把个车给弄成了，他心里也不由得开始乐了。他娘像生怕碰坏东西似的，轻手轻脚地把车子抚摸了一遍；像刚刚才认识似的，把儿子上上下下打量了一番，是看在眼里、喜在心里，只连声催促儿子：“快吃饭，快吃饭！”

阿万一下在村里出了名，邻居们都新奇地来家里看他的组装车，口里还不住地啧啧赞叹，他娘忙着倒茶，他爹忙着递烟，接着又有人用各种各样的由头来借车了。可这一次，阿万先卖了个关子，借车没有像以前那么痛快了，不为别的，他要自家人先使用一阵子后再出借。

记着姐姐们为他的车出了钱，阿万先后上三个姐姐家里送车上门，让姐夫姐姐在自己家里“免费享用”一星期；有姐姐姐夫、外甥男女都不会骑车的，他就负责慢慢地教会他们其中的一个，同时保证以后只要他们家里有事，在自家不用的情况下，无论什么时候都可前来借用自己的车。对待他最好的小姐姐，由于她还不会骑车，他就现场手把手地帮着扶着教了起来；对“功劳”最大的娘，阿万特地捎上她，去镇上买肉赶了一回市；对曾经骂过他的爹，他也主动示好，在农忙前，骑车捎爹去镇上买了一回农具。

从此以后，村里差不多每户人家都借用过阿万组装的自行车，都说他的车跟买来的整个囫囵车差不离，都发自内心地称赞：“阿万好聪明、真能干，是个好后生，将来一定会有大出息。”

（2020 年 8 月 12 日）

贞姐姐

“珍贵的灵芝森林里栽，美丽的珍珠深山里埋，假如你要认识她，请到梁弄大世界里来……”这是我们初中同学群里流传着的几句顺口溜，说的就是那个在“梁弄大世界”商场开“脚踏实地鞋庄”的老板娘贞姐姐。

贞姐姐因为人热情豪爽，自打群里面最小的女同学叫她“贞姐姐”，时间一长，大家就不论辈分、无论年纪都跟着这样叫了，甚至连群里七十多岁平时严肃矜持的老师，也“入乡随俗”“随大流”叫起了“贞姐姐”。

贞姐姐从初中毕业放下书包那天起，就在市场经济的大潮里“泛海拼搏”，至今掐指算来，可谓纵横驰骋商场几十年。

听说，她还在老家做姑娘时，就帮衬着家里搞过“多种经营”：雇人组装手表带、编织鸭蛋筐、开办豆腐坊……反正是啥赚钱就干啥。在磨豆腐、卖豆腐那阵子，因她脸圆眼大、皮肤白皙、身材窈窕，特别是说话和气、与人为善，人称“豆腐西施”。

那时只要她挑上豆腐担子，在附近村里庄上吆喝一声，不要说年轻的，就是年长的，都愿意去她那里买豆腐，尤其是那些小后生，即使不买什么，也会空着两只手跑上前去，故意问这问那、没话找话呢。

结婚后，贞姐姐改弦更张，和丈夫一起贩猪，两口子搞得风生水起，成了“先富起来”的那“一部分人”，后来有了一双儿女，就安下心，开始在“梁弄大世界”商场守摊：丈夫在前场卖猪肉，自己在后边卖鞋子。想到鞋子的用途和为人处世的准则，她给店起名：脚踏实地。如今在梁弄商海里，只要有人提起她，真是无人不知无人不晓！

都说做生意靠的是“回头客”，贞姐姐公买公卖、老少无欺，做买卖就像她起的店名一样脚踏实地，人们口口相传，都认准了去她鞋庄买鞋，有时候她去县城进货，有老买主找上门来，见她“关门大吉”，会一直坐着等她回来。鞋子的利润不很大，赚的是薄利多销钱，曾经和她一起开鞋店的，因生意不景气现在大都改了行，唯有她的生意却一年到头红红火火，让人钦佩不已。

贞姐姐除了会做生意，还能干勤快，烧得一手好菜。倘若节假日家里来四五桌客人，她一个人不慌不忙，打理得井井有条，客人吃得赞不绝口；农忙季节，她忙完手头儿的鞋子生意，还兼顾家里的杨梅、樱桃贩售，烧饭菜招待好前来观光的游客；逢年过节，她又要跑到丈夫的摊儿上，一起把顾客买定的猪肉等年货装上车，甚至送上门。

贞姐姐豪爽重情义。那些群友们原来虽然都生活在同一个地方，平时却难得聚到一起，有的甚至几十年都没见过一面。自从建立了同学群，大家就常常呼朋唤友，聚在一起吃饭喝酒。每次聚会，贞姐姐只要走得开，总有请必到、有酒必喝，常常把几个号称好酒量的男同学喝趴下。

更加难得的是，她过来时，手头儿经常不忘捎点儿新鲜时果，草莓季节买草莓，樱桃时节带樱桃，知道老师喜欢甜食，就买上梁弄大糕。大家“责怪”她，说她太客气，她半真半假推说是被熟人推销水果，不好驳人面子，顺手买来的，花不了几个钱。

有一次，同学群副群主生日请客，贞姐姐却突然临时有事请假，大家感到有点儿怅然若失，有人不死心打电话给她，再三强调那是同学生日聚会，她说她现在正在外边跑，再等等、再看看，后来终于说一定会来，但要迟点儿过来，大家的心情不由得“阴转晴”。

果然，不一会儿，她带着在店里新订的大蛋糕，急匆匆地骑车赶来了，看着她气喘吁吁、大汗淋漓的样子，那副群主同学把蒙上了热气雾气的近视眼镜摘下、擦擦、戴上，轮番好几次，人们都默默地看在眼里、记在心里，一齐把酒杯举向了她和寿星……

事后，大家一致赞叹：我们同学聚会，有贞姐姐在场就会热闹，有贞姐姐喝酒才有味道！

（2020 年 1 月 25 日）

能干人马

老家那边管聪明能干的妇女叫能干人马，袁医生就是我们健身群里一致公认的一位“能干人马”。她是本市一家大医疗单位的医生，记住袁医生、熟悉袁医生，是因为她的名字好记，也容易引出话题。袁医生跟20世纪五六十年代的一位女电影明星同名，那演员曾在《永不消逝的电波》中饰演女主角，这次在黑白老电影修复成彩色电影后好像又红了起来。

“无心插柳”，袁医生无意间以傍明星之名而名：每一个认识袁医生的，首先是因为她的名字耳熟能详而被人记牢。我第一次参加健身活动时，就是在众多的健友中，因她的名字好记而最先结识了她。

其实，袁医生“能干人马”的绰号，并非浪得虚名。她曾经是一位文艺女青年，有一次，我于闲暇翻看以往《余姚日报》时，偶然发现、看到竟有多篇大作署有她的大名，其中一篇《陪伴感激祝福》还是发表在早期改版前的《余姚报》上的呢。

我赶紧打电话，细问核实，果然是她，而且那篇还是获奖作品。我也自认为是一位“资深”的业余写作爱好者，得知她原是报社的积极通讯员，不禁对她肃然起敬、刮目相看。闲谈中，她给我说起了自己的一件“逸事”：当时，她要求从农村调动到城区工作，因竞争性太强而感觉自己无望。去提交申请报告时，局长指着近期报纸上的一篇文章，问是不是她写的，她点点头。局长当时虽然没什么表示，但事后的情况表明，袁医生较为深厚的写作功底助了她工作调动一臂之力。

袁医生的聪明能干还表现在，她好像什么东西都能一学就会。就说练毛笔字吧，起先群友们觉得她的字不怎么样，有人还私下里认为“像蟹爬”，上不了台面。上半年在群里看她嚷嚷着报名参加了工会职工书法培训，半年多以后，有好事者把她刚刚写出来的毛笔字晒了出来。我一看这些字煞是有模有样、有棱有角，甚至还有点儿笔走龙蛇、刚劲有力的味道，群友们对此纷纷啧啧称赞。

这里不得不提到的是，她和先生把聪明的基因顺畅地遗传给了儿子：前年高考，她儿子以高分被清华大学录取，成了朋友圈儿里独一无二的清华学子。“母以子贵”，袁医生也因此被人叫成“清华大妈”。

袁医生还有更显她能干、更让人叫绝的一招，就是她会西点烘焙、做蛋糕甜品，而且居然是无师自通、自学成才的。比如简单说说做面包，那要以小麦粉为原料，以酵母、鸡蛋、油脂等为辅料，经过加水调制、分割成形、醒发焙烤等过程才能加工完成。听起来是不是感觉好复杂？但在袁医生手里，不用黄油，不用高筋粉，只要家里有个烤箱，就能轻松做出松软可口的面包来。

她说，具体操作时，在把所有原料调料搅拌化开后，要先把面粉搅成面絮，再用手搓揉成面团，这个面团要和得比较软，才能做出来蓬松柔软的面包，否则做出来的面包吃起来会感觉硬、实，不松软可口；面团和好后要发酵一会儿，时间把握要准，不要太长、不能太短；再加入猪油搓揉，要揉到面团和猪油充分结合，最好是把面搓揉出筋膜来……这几个关键步骤以后的过程相对简单多了。她的这种“神操作”是不是能和蛋糕店的师傅有一拼？

每当群友们集体活动，欣赏她做的面点是一大“看点”，品尝她做的蛋糕是一大“盼点”。她呢，也很乐意把自己的高超手艺、劳动成果和大家一起分享。每次得到活动通知，她都会在头天晚上，与先生一起和面粉、揉面团、烤面包，忙得不亦乐乎。等夜间凉透，早晨起来用食品袋包装好，再不厌其烦地一家一户分配好，然后由她先生鼓鼓囊囊地背着或者提着，带出来见一个发一个给大伙儿。

那年她儿子考上清华，我们庆贺的时候，都不约而同一致提出，不要巧克力之类的，要用她亲手烤出来的面包当“伴手礼”。于是，她和先生又摸黑起早忙了一大通，烤了十几箱，由于连续运转，竟把自家的一个烤箱给烤报废了，想想来不及去超市买新的，就直接从别人家里借来接着烤。事后，袁医生跟我们说到这些事时，开心而幽默地学着苏联电影中的一句著名台词：“面包会有的，一切都会有的。”

是的，面包会有的，友情也会有的；有面包重要，有友情更重要，因为有友情的面包会更美味、更美好啊！

（2021 年 11 月 7 日）

老板娘

几年前的一个星期天，看到平时不多走的小区东门附近新开了一家店，上写“回回××中介店”，一个老板娘模样的中年妇女正在勤快地拖地打扫卫生。

见我慢步关注，那老板娘停下手中的活儿，笑眯眯地打招呼：“你是这个新小区的？以后是邻居呢，进来坐坐吧。”老板娘蓬松的蘑菇头，方方的国字脸，清秀端庄大方，精明干练能说，听口音是南边山区来的。

我微笑着点点头：“谢谢！这是你店啊，你叫回回？”

“嗯，我叫回回，这是我刚开的中介店。”

“听口音像梁弄人，不会是老乡吧？”

“你是梁弄人？那是老乡了。不过我出生在鹿亭，后来嫁到了梁弄。”

就这样，我们算成了“自来熟”。

过了几天，我晚饭后出去散步，再次路过了回回中介店，老远看见店门口坐满了人，由于天气热，大家在露天里纳凉聊天。有人向我们招手，走近一看，是我高中同学，还有一个是她学校的同事，其他几位也算“沾亲带故”的老乡关系。这一下，老乡见老乡、话头实在长啊！

这时，老板娘客气地从里屋搬出两把凳子，让我们坐，她先生赶紧递上矿泉水。经我同学介绍，这个叫“回回”的是她弟媳，在边上帮忙的是他弟弟。回回和她先生热情好客，对过来上门的人，不论是刚认识还是已熟悉的，都笑脸相迎，让座递水，不厌其烦。

听我同学说，每次晚饭后，总有那么一帮人去回回店里坐坐，有男有女，有年长的有年轻的，有腰缠万贯的有打工的，真是三教九流、五花八门；而且一年365天，除了年三十、正月初一，总有那么几位“固定客”，像被她们叫作万博士、何科长的，还有黄总、蒋总夫妇是每天必到的，即使早点儿来不了，到了深更半夜，只要她家的灯还亮着，一定要进去报个到，仿佛晚上不到过她家店不死心似的。

我还发现，她家的桌上一年四季不断摆放着新上市的新鲜水果、时尚茶食，随时慷慨地分享给进门来的坐客。当我问起这些，他们夫妻俩却淡淡地说，大家都是30多年前原电视机厂打工的，虽然现在都各奔东西、各自发财了，但那份工友情义还是一直都在的；再说来的都是客，一把座椅一杯水，待客之道吧。我连连点头称是。

有道是：和气生财。老板娘回回做中介生意多年，她丈夫当下手，打拼几年，在这一行这一带有了一定的知名度。她说她开店宁可少赚钱，也绝不坑蒙拐骗，赚昧良心的钱。

有一次，有一位刚来余姚打工的外地女生，想在附近小区租房子，回回带着她在雨雪中跑了好几处，那女孩不是嫌人家房子太旧，就是嫌租金太贵，最后跟一家的房东七磨八磨讲好了价钱签好协议，搬进去住了一个晚上，第二天她跑到店里反悔要退房了，让回回跟房东说说能不能退半年租金，说着说着竟哭了起来。

回回说，她在这一行做了这么多年，这种事情还是第一次碰到，本想撒手不管，但想想人家外地来的，一个单身女孩儿，实在不容易，心一软就带着女孩儿去找房东求情。那房东有点儿哭笑不得，起先一口咬定不退款，后来在回回的再三恳求下才松口，说看在回回的面子上同意退款一半。那女孩儿千恩万谢。回来的路上，回回看她衣衫单薄、冻得瑟瑟发抖，心肠一软，就把女孩儿的一千元中介费也掏了出来，那女孩儿推辞不要，在回回的坚持下，才难为情地收下了。

回回老板娘心地善良。听人家讲起，只要店里生意稍微清淡一点儿，她就自告奋勇去社区做志愿者；门口大街上有惹是生非、欺负人的，她就出头，和她先生一起打抱不平；平时凡门口有要饭的路过走过，她总会随手递上一元两元，从不让人失望而归，有时候还顺手送上一点儿桌上的新鲜水果。街上流浪狗流浪猫不少，不知怎么的也经常往她家门口来溜达，有时还赖着不走，她会心疼它们，会特地从菜场买点儿鱼肉荤腥，拌上剩饭剩菜，摆放在门口，供它们大快朵颐。

有一次，不知是谁，估计是有人知道老板娘人好心善，居然把一只病得奄奄一息的宠物狗，半夜放在了她家店门口。她想不管，但实在不忍心，于是去附近药店给狗配了药，喂食几次，几天后那病狗还是死了，回回难过得直掉眼泪。

（2020 年 11 月 1 日）

许老师

刚到大学报到的那个傍晚，寝室里只有我一人在洗脸，忽然听到敲门声，我说："门没锁，开着呢。"接着又敲了两下，还传来女声："里面有人吗？"我连忙穿好衣服，出去拉开门。

只见门口站着两位青春女生：一位戴眼镜，扎着两根蓬松短辫子，上身穿白衬衫，胸前的流苏打成蝴蝶结，下穿藏青色牛仔裤；另一位不戴眼镜，剪着圆圆的蘑菇头，上身也穿白衬衫，下穿黑色萝卜裤。我眼前一亮，还以为是高年级女同学来新生寝室找老乡，就笑嘻嘻地问："两位漂亮的学长姐姐，你们找谁呀？"

"找你、找你们啊。"那位不戴眼镜的女生直截了当。

"哈，找我干吗？我又不认识你们，找错人了吧？"我摸不着头脑。

"你是逍遥吧，来自余姚的。"那位戴眼镜的女生文静地微笑着接过话头。

"你们是谁？怎么会知道我？"我重新打量了一下两位女访客。

"我还知道你父母姓啥名谁，什么都知道呢。"戴眼镜的女生有点儿得意地答道。

“她是你们的班主任许老师！我是任课老师，现在是陪许老师来看看你们的。”不戴眼镜的女生不再打哑谜。

“啊——”我大吃一惊，赶快彬彬有礼地躬身点头，“两位老师好！”又手忙脚乱找凳子请老师坐。

这时，爱开玩笑的同乡万同学打球回来，看到我正在和女老师讲话，一边挤眉弄眼一边暧昧地说：“哟，想不到这么快就找上啦？”

我涨红了脸，赶紧使眼色让他严肃些，他还以为我怕羞：“这有什么，怕难为情啊？哈哈哈——”

我怕他没大没小，嘴里再吐出什么象牙来，赶紧堵他的嘴：“别胡说八道，这两位是老师，这位是班主任许老师！”

小万也感到突然，一下不好意思起来：“哪有这么年轻的老师啦。”说完，慌忙去拿热水瓶，和我一起给老师倒水递茶……

我就这样冒昧地认识了班主任许老师。其实，许老师比我们大了没几岁，研究生毕业刚开始工作，齐眉的刘海盖住光洁的鹅蛋脸额头，白皙的皮肤配黑框玳瑁眼镜，一副雪白整齐的牙齿，一丝恬静知性的微笑，一副邻家大学生姐姐的模样，使人感到既亲切又暖心。

尽管许老师年纪轻轻，但处事沉稳老练，深谙学生心理。开学不久她就抽空找新生谈心。有一天，她叫我去她办公室，那时我从乡下来，碰到老师怯生生的，特别是碰到女老师脸就红。许老师很随意地问了我家里、高中时的一些事情。她解释，我们这一届学生是她和招生办老师一起去招来的，查看过大家的档案，所以了解每个人的大致情况。

我是她问一句答一句，她发觉我脸上抹不开，就找我熟悉的话题："我还翻看了你的高考作文，写得不错嘛。"

"哦，"我一下来了兴趣，"题目是要求运用哲学原理，论述党员作风、党风和社会风气的关系。"

"嗯，你的字写得不错，不过写得太大了，整体看起来不太美观呢。"许老师回忆着说。

我连忙点头称是："最后抄写的时候，我慌里慌张的，差一点儿来不及了。"

"你有空多动动笔头，多帮帮班级里出黑板报的同学。"她嘱咐我。就这样，我们谈了好一会儿，临走时她让我带走一沓练习本，帮她分发到班级里。

许老师对工作认真负责，按说大学里的老师很少会来班上，许老师则不然，除了上课到班级里来，平时晚自习的时候、午饭后也经常过来看看，有时候也到学生寝室里来坐坐，和大家说说话、聊聊天，问问学习、生活、家庭方面的情况，其声切切，其情浓浓。

也许是许老师平时对班级管理较严，也许是因为我们大都来自农村，对有知识、有学问的人出于习惯性的敬重，同学们对许老师都十分尊敬，她在同学中的威信很高，人声鼎沸的教室里只要她一出现，马上会鸦雀无声，一个个都静听老师讲话，甚至有同学敬畏她，还不敢当面向她请假呢。

那时候，不知为什么不少同学经常请假，有事没事爱往家里跑，影响学业，我也是其中之一。有一天，碰巧家里真的有事让我回去，刚好有一位同学想请假回家，被许老师批评学习精力不集中，专门耍花枪找理由请假，那同学垂头丧气走出来，看到了我，知道我的心思，就好心告诉我："你不要去了，许老师正不高兴呢。"

我说："那怎么办？我家里确实有事啊。"嘴上这么说，我心里也犹豫了。那同学见状鼓励我："说不定许老师见你平时老实，印象较好，对你网开一面呢。"我想想也是，鼓足勇气走进许老师办公室。

许老师正在写什么，见我惴惴不安地站在她面前，就和气地问："逍遥，你有什么事吗？"

"老师，我家里有事，想请假回家一趟。"

"哦，家里事情要紧吗？"许老师头也不抬地问。

"嗯，还好吧。"我讷讷道，"是我外公身体不太好。"

"那去吧，早去早回哦。"许老师十分痛快地答应啦。我一激动，再想到外公的病情，禁不住要热泪盈眶了，来不及告别老师低头出来，看看四周幸好没人，心想：我这个懦弱相可不能让万同学那帮坏小子看见了，否则又会让他们好一顿取笑了哈。

（2020 年 11 月 28 日）

外甥女

我外甥女叫妍妍，有三岁了，长得聪明漂亮，凡是见过她的人都要抱上一抱，在她的小脸蛋儿上咂一口，两家人私下里为她以后会成为歌唱家还是舞蹈家，讨论过、议论过，也争论过。

每当家里客人离去，妍妍总要把人送到门口，嘴里还奶声奶气地说：叔叔阿姨下次再来哦，叔叔阿姨再见。又显得有点儿娇滴滴的模样，煞是惹人怜爱。妍妍长得好看，邻居的丹丹也好看，妍妍穿一件新衣服总要去与丹丹比高下，一定要人家都说她好看漂亮才肯善罢甘休。

一次，一位阿姨故意逗她说：“今天还是丹丹漂亮。”而没说妍妍也漂亮。妍妍抓住阿姨的衣襟，仰着红通通的小脸蛋儿，激动地一连声地说：“阿姨，妍妍好看，是吗？妍妍好看！”直到那阿姨连声答应为止。看到她满心欢喜的样子，阿姨哈哈大笑，妍妍也不好意思地笑了，一转身跑去玩儿了。

妍妍很喜欢爸爸妈妈。爸爸不断地给她买糖果、玩具，妈妈呢，给她细致洗衣服、洗玩具，还给她讲故事。妍妍总要缠着妈妈，甚至一步也离不了。可是当有人问她，爸爸妈妈哪一个好时，她会低头不语。再问，她就会回头看看四周，见妈妈不在，就一手搂着你的脖子，一面用小嘴儿贴着你的耳朵，轻声说：还是爸爸好。问她为什么？她说，妈妈有时候要打她的，而爸爸是从不打她的。见妈妈来了，她一面悄声告诉你不要对妈妈说，一面大声地说爸爸妈妈一样好。然后朝你神秘地笑笑，仿佛对自己的“操作”很满意。

妍妍的太祖母年岁大了，冬天起不来床，有时候她妈妈帮着送水端饭，她就紧跟在妈妈身后，看着妈妈做完一切，又奇怪地看着太祖母慢吞吞坐起来，披衣，洗脸，细嚼慢咽地吃完饭。一次，妍妍硬赖在床上不起来，她妈问她怎么了，她才显得不好意思地说，要像太祖母一样，坐在床上由她妈端来饭送来水，惹得她妈妈又好气又好笑。刚喂完饭，她又想起了什么，马上要妈妈帮她穿衣起床，说是她要给太祖母送饭去，她妈劝不住，只好由着她，自己跟在后面保驾护航。太祖母一连声地夸奖妍妍乖，妍妍很开心，等太祖母吃完饭，她也要帮着把空碗端出来，可能是“得意忘形”了，妍妍不小心滑了一下，把碗跌在地上摔碎了，吓得哇哇大哭。

有天早上，妍妍妈妈把刚买的鱼肉、青菜、豆芽等小菜放进了冰箱里，准备傍晚下班后再烧。妍妍认真地看着妈妈做完这一切，等妈妈放好了，她指着冰箱问：“妈妈，这是在干什么呀？”妈妈半真半假地哄她：“夏天天气热，小菜、小鱼放在外面要热坏、臭掉的，冰箱里面凉快，放着就不会热坏了。”说着，还拉着她的小手伸进里面试了试，妍妍连连拍着小手，说“好凉快，好凉快”。

傍晚，她妈妈下班回来，准备烧饭菜，来到厨房时，看到早上放进冰箱里的青菜、豆芽被放在了外面，不由得叫了起来，怎么搞的？明明自己亲手放在冰箱里的小菜，现在怎么会放在外面呢？幸亏其他小菜还好，只是豆芽却长绿了。

她妈妈连忙拉开冰箱门，见里面放着小狗、小猴子等大大小小的玩具，她一下明白了。她找到正在房间里玩着的妍妍，一把拉起她，来到冰箱前，指着冰箱里的玩具问她这是干什么。妍妍说，我怕热坏了小狗、小猴，就把豆芽、小菜拿出来，也想让它们在里边乘一会儿凉。

哎，真逗！

（1990 年 5 月 28 日）

长长阿伯

也许名字中带有一个“长”字，也许在兄弟几个中个子特别高，大家管丈人的三弟叫阿长（念 cháng），我辈叫长长阿伯。

据家里人说，可能由于是个早产儿的缘故，也可能总挨饿、营养不良，小时候长长阿伯一直都不会开口说话，也一直都不长个儿。直到两岁半的时候，有一次，他爹（我该叫爷爷）要用自家的锄头，却忘了被哪家邻居借去了。这时，正在旁边椅子上独自一个人玩儿的他，停了下来，跳下椅子，转向父亲，突然开口说：隔壁阿江爹借去了。

他爹惊奇地一下睁大眼睛，仿佛不认识似的重新打量了一番儿子，定了定神，似乎是想印证儿子的话，快步走向阿江家，一问，锄头果然在他家，而且确实是阿江爹借去的。他爹记起来了，那天阿江爹来借锄头的时候，长长阿伯正闹着要他抱抱，谁知他忘了、儿子却记着呢，也算是“说者无意，听者有心”吧。

从此以后，长长阿伯开始会说话了，但不愿多说，不肯主动说，只是人家问一句，他就说一句。不久，他开始长个儿了，仿佛“厚积薄发”，以后是“芝麻开花——节节高”，长大后居然比其他三个兄弟都要高。

显然，长长阿伯智商并不高，可他心里明白，记性好，常常是“看在眼里，记在心里”。家里有什么事情，发生在哪年哪月，他都记得清清楚楚；村里几年前发生过什么事，因为什么，哪些人参加了，去问他，他都能一一回忆出来。他是村里有名的“活字典”。

有一次，我俩面对面坐着，看到隔壁阿山叔家门开着，我没话找话地问长长阿伯：听人说阿山叔家有一个儿子在外面挣大钱？长长阿伯想了想，说：嗯，早先的时候。那儿子也不咋样，一天到晚跑来跑去的也不知道在干啥，钱没进账多少，却长期一日三餐靠爹娘吃饭。阿山夫妻两个看着人家儿子在外面挣钱有出息，自家只有干着急的份儿，终于有一天忍不住爆发了。

那是大前年吧，刚刚掏芋艿时节，吃饭的时候，阿山用筷头指点着儿子责骂了几句。在我们那边一般吃饭的时候不念叨人，尤其是用筷子指点，除非发生了较为严重的事情。那个被阿山骂作“不着调”的儿子，看起来本事不大、脾气倒不小，干脆筷子一摔、饭碗一放，“此处不留爷，自有留爷处”，踢开门就走，这一出走就是三年。最近端午节，“不着调”开着一辆小四轮，带着一打扮入时的女孩子，大包小包地往家搬东西，把个阿山夫妻两个喜得只会干搓手，却忘了上前帮忙。

阿山婶正在屋里打扫卫生，应该早就听到了，这时候她从窗口伸出头来，哈哈笑着，用扫帚指着长长阿伯，说道：你的记性真好，连我做娘的有些事情都忘了，你还记着，怪不得人家说你是“活字典”呢。

长长阿伯平时不说话，只有我俩的时候，他才会主动跟我说话，他跟我熟，跟我亲，跟我客气。每次我们去的时候，只要预先得知，他就早早地等候在公交车站。那时，我们还买不起私家车，俩人提着不少包啊袋啊的不方便，他就过来帮衬。等车子一到，他在车窗外笑眯眯地招招手，不说话，我们下车，他就赶紧上前，从我们手里接过甚至是“抢”过东西，帮我们拿回家。我们有小孩儿了，抱着孩子提着东西更不方便，他来车站接人也更勤了。车还未停稳，他就上来，笑嘻嘻地，不说话，一把夺过孩子，抱在身上抖着哄着孩子回家；孩子大了，自己都会走了，他却怕孩子累着，在坎坷不平的路上崴着脚，硬要背着驮着带着孩子回家。

长长阿伯很勤快，山上的农活儿样样都会干，特别是他上山掏笋有一套，村里人也都公认他是掏笋的一把好手。我们去的时候，我会突然心血来潮，想上山去掏笋。这时，他会放下手上的农活儿，乐呵呵地陪我去掏笋。山上冬天有冬笋，冬末春来有毛笋，像现在夏秋季节便是鞭笋。我张大眼睛使劲儿满山满地找，再使一把锄头东一耙西一耙地在地上扒拉着，却找不到多少，可长长阿伯一掏就是一大堆。都说最难找到的是冬笋，对我来说，不是整块整块地开山，是根本找不到的，可长长阿伯只要用脚踩一踩地面，用鞋尖踢一踢泥土，一下就能找到。

长长阿伯不抽烟，我们去的时候，给他带点儿他喜欢吃的水果什么的，他就不好意思地呵呵笑着、捧着，然后赶紧往条桌上一放，转身马上去山上掏点儿或者采摘些什么回来，等我们回家的时候，包里、袋里装着的满是他掏来的笋、他种的瓜蔬。

有时候看看再没有可带的东西了，他就会随手从阁楼上抽出两把新扫帚，递过来。我们说：这个扫帚城里没地方用。他却说：上次去你们家的时候，架空层里的那把扫帚好像已经不好使了吧。

尽管长长阿伯不多说话，但他心善心细，看到过的事都记在心里呢。

（2021 年 9 月 23 日）

妻家阿娘

妻家有位老祖母，她们管她叫阿娘。

阿娘今年 93 岁，看起来显得好年轻，像 60 多岁的样子，脑后梳一个“粑粑”头，黑里略带灰白的头发，古铜色、慈祥的脸庞，不浑浊甚至清澈明亮的眼睛，长长的挺直的鼻梁，只是由于过早地掉光了牙齿，两侧腮帮子瘪瘪的，说起话或者嚼起饭来，鼻翼跟着一动一动的。她眼不老花，隔溪对面山上的人看得清清楚楚，只是耳朵稍微聋，说话声音响亮，身体康健，生活自理，喜欢一人独居。

那年中秋节的时候，我们去看她，给她带去一礼盒月饼。当一个人的时候，她小心翼翼地捧着月饼礼盒，细细端详一番，看到铁盒子画面上只有 8 块月饼，而揭开来里面竟然有 10 块。她以为是店家卖给我们的时候搞错了，悄悄地把我拉到一边，怕别人听到似的问我：里面是不是多放了 2 块月饼？我说：他们才不会、精着呢！她想了想，说会不会店里打工的搞不清弄错了，要是那样的话他可要赔钱呢。我安慰她，决不会这样，他更不会赔钱的。她想想大概觉得也是，刚要把盒子搁起来，半途中又拿回来说，上面是不是有电话号码？我一时没有反应过来，说：有啊！她说：要不你马上打个电话问问。我说算了吧。她说，就打个电话问问嘛。我拗不过她，只好照着铁盒子上面的电话号码，打了过去——哪里会通呢！阿娘见状只好作罢，不过嘴上还是念叨了好几天。

虽说彼此没有血缘关系，但阿娘跟我很亲，每次去她家，她总是很客气，见自家房子低、我个子高，就颤巍巍从屋里搬把椅子出来，我赶紧接过放在门口，要请她先坐，她不坐，转身又去端来茶水。然后两人谦让客气一番后，她坐椅子，我坐在屋檐下的台阶上，旁边放着一杯热气腾腾的茶水。只要不是冬天，阿娘一年三季，手上总摇着一把麦秆扇，祖孙俩就这样坐着，漫无边际地攀谈起来，我大多只是静静地听她絮絮叨叨，有时也有一句没一句地接上几句话，但主要还是以倾听为主。

对面山脚下的大路上，不时有村人来来往往。阿娘就会给我讲，这个——她用扇子指指对面——穿红裙子的是谁家的姑娘，听说对象找在城里，男方条件不错，今年年底要出嫁了；那个穿蓝背心的是某家小子，读书很好，人很聪明，嘴巴又甜，见人就叫，将来一定会有出息。

那个路下在溪边洗衣服的呢？因距离有点儿远，看不确切，我像考她似的故意引她话头儿。

那是堂叔家刚过门儿的媳妇。阿娘用扇子指指她，说道：人很勤快，很会当家，嫁过来的时候，嫁妆用四方斗车装了3车，迎亲的小汽车一长溜。

阿娘闲不住，有时候会去屋后的自家竹山上，从浅浅的泥土里掏来鞭笋，有自吃的，我们去了就分给我们；还会帮着三伯（她三儿子）早上把羊赶上山，傍晚再从山上赶下来；邻居家有个吃奶的孩子，家里大人忙了腾不出手，会放到她这边来，请她帮忙照看；屋边有块空地，她开垦出来，种上南瓜、豌豆等瓜果蔬菜，等收获了的时候，捎信来让我们去拿，她门下有儿孙（女）五家，她精心用薄膜袋平均包好五份，一一留着分给我们。

阿娘喜欢喝酒，多数喝的是自家酿的土烧，一天两餐，有时候早上想到了也喝点儿，这样就一日三餐了。下酒的菜不论，有时是几块豆腐或者香干，有时是十几颗蒸熟了的带壳花生，不够的话再弄几块饼干。她的酒量不错，听说年纪轻的时候有一汤碗的烧酒量，现在年纪大了，当然减了，但还有半碗的量，因为我无意之中测试过。

那是接来我家吃晚饭时，我曾经试着给她倒了小半汤碗的烧酒，她虽然慢慢地喝，但碗里的酒也没了，我又给她加了点儿，她稍作推辞，不久也喝完了。等我要再给她加点儿时，她用双手把酒碗盖住了，我只好作罢。这样，两次加起来估计就有半汤碗的酒了。平时阿娘酒后一般不再吃饭的，那天在我们的劝说下勉强吃了几口。

饭后，她脸上的颧骨微微发红，气好像有点儿急，举手投足间有点儿迟缓，坐在一边也不多说话，我怕她醉了，就给她泡了一杯浓茶。她说晚饭后不习惯喝茶，特别是喝浓茶，否则半夜里要睡不着的。我们有点儿担心，劝她早点儿去睡觉，她说她现在还不困，再看一会儿电视，大家不用担心她的。

当天晚上，我们俩心里有点儿忐忑，可她还是照老习惯——像往常一样 10 点睡觉；第二天早上 6 点多，她还是按老习惯——像往常一样摸摸索索，自己一个人起来啦。

（2021 年 8 月 19 日）

苗琴阿姑

阿姑苗琴是丈人的小妹，文静慈祥，勤劳善良。我认识她时还是在找对象那会儿。

当时我女朋友（即现在的妻）教书的乡校就在阿姑家所在村庄，因学校食堂小，饭菜经常供应不足，我每次去，“吃饭”便成了问题，幸好阿姑家就在庄后，她跑去告诉一声，阿姑就在家里顺便多烧点儿菜和饭，等估摸着准备好了她再去拿。阿姑烧得一手好菜，我很喜欢吃她烧的菜。平时阿姑在乡办厂上班，有时候下班晚了再烧菜，怕她等不及，阿姑就让女儿即她表妹随后送过来。

有一次，阿姑在家休息，得知我来了，就提前多烧了两个菜，看时间还早，亲自送了过来。大概也有想见见我的意思吧。阿姑到寝室时，她还在外面溪边洗东西，我在帮她用毛笔写有关人口普查的宣传标语，正全神贯注龙飞凤舞间，只听见轻轻的“笃笃笃”手指敲在门框上的声音，我猛一抬头，见一中年妇女，手上提一篮子，笑盈盈地望着我。我一愣神，马上反应过来。

“是阿姑吧，请坐请坐！”我赶快搁笔，起身，忙不迭地想找茶叶倒水。

“哎!”阿姑亲亲热热地答应一声，制止我别忙，见地上、当饭桌的课桌上摆满了墨汁未干的标语，就侧着身子、踮着脚尖往床边走，我连忙过去，整理好床头柜上的书籍腾出空间，阿姑再把篮子里的饭菜一一取出来，放在柜上。然后，阿姑坐床沿，我坐课桌边，两人客客气气地拉起了家常。

阿姑齐耳短发，清秀小巧，穿一件天蓝色、标有“浙江电视机厂”红色字样的短袖衬衫，黑裤、棕袜、松紧鞋。她没有一般农村妇女的小家子气，也没有一丝尖酸刻薄相，一脸的敦厚和善。

在以后的日子里，我慢慢了解到，阿姑像这里其他人家一样，因家里兄弟姐妹多，十六七岁就早早出了嫁，正是“穷人的孩子早当家”吧。那时候，她老家有母亲、过了门儿的哥嫂、未成家的弟弟，一大家子人；自家有公婆、未出嫁的姑子、未成家的小叔子，又一大家子人，时间长了相互磕磕碰碰是人之常情，可当地的熟人都告诉我，说这么多年了，你家阿姑既没跟在老家的哥嫂红过脸，也没跟夫家的公婆、姑子吵过架，她是个忍声吞气、宁可自己吃亏的大好人。

真的，直到现在，她家的大小姑子都念她好，跟她亲，每到逢年过节，会带着第二代、第三代直往她家涌。我好几次看到，正月里他们相约在她家聚会，大大小小、老老少少要闹腾上一整天。阿姑呢，不管来多少人，从不皱眉不快，总是乐呵呵地倾其所有，一边叫姑父儿子招待客人，一边指派女儿媳妇带领小弟小妹、外孙辈去外面玩儿，自己一头扎进厨房里，一个人忙里忙外。

阿姑的婆婆晚年患阿尔兹海默病，生活不能自理，待在她家，她自己都是六十多岁的人了，亲自端屎端尿，精心照顾，不厌其烦。有一天晚上，婆婆又犯糊涂独自外出走失，姑父在上夜班，家里只有她一个人，想到老人偌大年纪要是万一被车撞了，那可怎么办。她来不及使唤儿子儿媳，自己急速骑上电瓶车，心急火燎地往大街上闯。不想路上车子急，她一下撞在了窨井盖儿边。她跌坐在地上，膝盖受伤流血，但顾不得伤痛马上爬起来去找寻，终于在城乡接合部一垃圾桶旁把老人找到。

她对长辈这样，对小辈也一样。都说婆媳关系难处理，可阿姑自从有了儿媳以后，十几年来一家人还是那么客客气气、和和美美。她常说：儿媳是人家的闺女，反过来自家的闺女也是人家的儿媳，把儿媳当闺女来看待，事情就好办了。我曾当着她一家人的面，开玩笑地问她，碰到了“难办”的时候她是“怎么办”的。她不好意思地笑笑说：“还不简单？遇事让三分，自己忍着点儿、让着人家点儿呗。”

“那要是碰到自己实在想不通的事情呢？”我笑嘻嘻地又追问一句。

“以前真的还有自己想不通、想不开的事呢，不过最近几年不太有了。年轻的时候碰到过不少，那我就躲出去偷偷地哭上一会儿，也就过去了……”阿姑幽幽地说。

（2021 年 9 月 8 日）

外　公

外公是个老实人，年轻时就有人欺他老实，把个“保长”的头衔硬塞给他。新中国成立后，这顶伪保长的帽子，更使他成了一个会说话的哑巴，他的前半生也就在这无声无息中度过了。

时间到了 20 世纪 80 年代，分山到户，外公外婆一人分得九分山，两人共一亩八。那时，外公体力很健，政治上卸下了包袱，心情舒畅，60 多岁的人还会挑着满担的毛笋，从山上走到山下，就是现在 76 岁了，他也能上山掘笋。两个舅舅不让他上山，因此他要跟两个舅舅分开过日子。

笋山是个宝，毛竹好卖钱不说，一年四季笋不断。像今年春笋碰上好时年加好价钱，外公的笋山收入就有至少五六百元，可把外公乐的，而且居然还……

都说老实人有时会干些出人意料的事，又说老年人或会有返童的举动，这一点儿都不错。那天外公酒醉饭饱睡过午觉后，看家里的人都上山去了，闲得慌，就推出小舅的自行车，竟学起了骑自行车。因他个子高，没人扶着自己双脚撑着也能抵挡一阵子，几次差点儿要摔倒（这是他后来告诉我的，他可不轻易告诉别人哩），可是，当最后一次重重摔下去的时候，却把他的右手摔折了！当时，大家不知情，都骂两个舅舅不孝。当我走进病房，看到肩吊绷带的外公，心中大悲，“泪飞顿作倾盆雨”。不料，外公却急急地把我拉到一边，像个做错了事的小孩似的，不好意思地央求我：“快去说一下，让你妈他们别吵了！这手是我自己学自行车摔的。”

“啊！”我一听，半天回不过神来。

“是我学车自己摔的。”外公又补上一句。

天哪！

（1993 年 9 月 26 日）

新手表

妻子从县城开会培训回来，背回来一大袋东西，还手提着两个大包，里面有吃的、穿的、用的、女儿玩儿的……最后她从贴身衣袋里摸出一小块亮晶晶的东西——“上海牌”手表，对我母亲说：“妈，现在经济条件比过去好了，我们都有了手表，这块给你戴上吧，带我女儿时用得着。”

母亲一愣神，一时没反应过来：“是给我的吗？”

“是啊！”妻笑盈盈地递过去。

母亲正怀抱着我女儿，妻赶紧接过女儿，好让母亲腾出手。母亲在衣襟上使劲儿擦一擦双手，再把表拿在手里，用内衣角在表面上轻轻摩挲着，细细地看，再贴到耳旁，细细地听，再拿到我女儿的小耳朵边，让她也听，祖孙两人开心地“咯咯咯咯”笑了起来。

大笑过后，母亲把手表往妻面前一递，说：“我这个老婆子，年纪也大了，还戴这洋货？再说，戴着手表干家务活儿我不习惯，不用你们花这些冤枉钱的。”说完，回身准备去炒菜。

妻拿手上抱着的孩子，一边挡住母亲的去路，一边亲着女儿的脸蛋儿，说着：“奶奶不能去，宝宝不让走。”父亲走出来，一把把母亲按回到椅子上，对她说：“你这个老婆子，有福不知道享，苦了大半辈子，没尝过戴手表的滋味，现在条件好了，儿媳妇又孝顺，还不赶快戴上享受享受！”

接着父亲又回头对正在整理妻子东西的我说：“你放下手上的东西，给你妈戴上！”我高兴地答应一声。

在父亲的现场“监督”下，母亲不好意思地“嘿嘿”傻笑着，说一句“我再看看”，再仔仔细细端详一番手表，摸摸表带，听听声音，掂量掂量重量，然后套在手上，我连忙俯下身子帮她把表带两端连上，搭住，扣好。

我知道母亲不识字，她老家穷，从小吃不饱饭、穿不暖衣服，更不要说去上学读书。我怕她尴尬，提前主动说：“妈，我来教你看表：短的针叫时针，长的叫分针……”我教了几遍，母亲不耐烦地说：“这个还不简单，我会了。”

我知道她嫌麻烦，一听她这话，会心地笑了笑，有心想考考她是不是真的会了。于是，我稍用力转了一下表盘边上的螺丝，笑着问她：“这个是几点几分？”

母亲想也没想，随口答道：“四点三十分。”

我忍住笑：“妈，你错了，这个是五点二十分。”原来她还不会，是估摸着时间，瞎蒙的。

“这个小东西，名堂真不少。”母亲难为情地笑笑。

我又耐心地教了几遍，直到她真的“会了”，通过了我的“考试”为止。

还有一件让母亲犯难的事是，每天要小心翼翼地用拇指食指拿住表盘边的螺丝，给手表上发条。由于母亲长年劳作，生成了一双肥大的手掌，十根手指根根粗壮，实在有点儿难为她了，而且她的手还会不由自主地抖动。

妻见状，笑眯眯地接上话："妈，还是我俩每天早上上班前帮你上发条吧，以后等你孙女长大了，有她再帮你呢。"

母亲开心地点点头："以后等我家宝宝长大了，就让宝宝帮奶奶，你们哪一个人都不如咱宝宝会呢！"说完，她二话不说，一把抢过妻手中的我女儿："宝宝还是让奶奶抱，妈妈累了去休息休息。"

母亲抖抖孩子，轻悠悠地换上鞋，带上钥匙准备出门。父亲说："马上吃饭了，等到吃完饭再出去吧！"母亲理也不理，头也不回地下楼了，不远处还传来了她轻轻的儿歌声。

父亲从窗口探出头，冲着母亲的背影看看，回头嘻嘻笑着："刚才还说不要的，这会儿又来不及吃饭，给人去显摆了……"

（1989 年 11 月 11 日）

祖母“娘娘”

再过几天，是我祖母的百岁生日，大概日有所思夜有所梦吧，昨晚我又梦到了她。北方人管祖母叫“奶奶”，我们这边方言叫“娘娘（念去声）”。顾名思义，我始终觉得“娘娘”比“奶奶”叫起来要亲切得多，含义也深刻得多。可以说，“娘娘”也是包含着我对祖母无限深情的特定称呼。

娘娘年轻的时候很苦。听她说，她上面有五个姐姐一个哥哥，她最小，七岁那年，人家幺女儿正在父母怀里撒娇的时候，她却在一年之内先后死了爹和娘，一个好端端的农村九口之家轰然倒下，没办法，家里由已出嫁的大姐做主，三个姐姐中到龄的出嫁，未到年龄的去给有钱人家做丫鬟，唯一的哥哥去给人做长工。对于她的安排，姐姐哥哥商量了好一阵，最后才央人送到我祖父家当了童养媳。

都说童养媳的命是最苦的命……娘娘好不容易熬到自己成婚当家、生儿育女，但在我爹十四岁那年，爷爷生病死了，临走还欠下一屁股债，她年纪轻轻守了寡。同宗同族的人趁机伸出黑手，娘娘一家四口受尽了欺凌和污辱。因为祖上辈分高，家里拥有不少祭祀田，国民党苛捐杂税多，那几个在族里当保长甲长的堂哥堂弟就把捐税一次不落地摊派下来，家里不仅要出粮出钱，更要命的是要出人。刚刚长成人的我爹大哥即我大伯，经常被拉去给国民党部队挑担拉车当伙夫，没有工钱不说，保不定什么时候会丢了小命。

有一次，大伯刚刚被派伙夫回家，还没歇上一口气，又被保长派出去，给另一伙游兵散勇挑担，他不由得轻声嘀咕一句："怎么又派到我啦?"一言未毕，那姓万的狗保长随手抡起手上哭丧棒样的拐杖，劈头盖脸地朝大伯打过去，我娘娘正卧病在床，挣扎着从床上爬到地下，再爬到那狗东西脚下，抱住大腿苦苦哀求。但那人直打到我大伯脑袋开花，血流满面，奄奄一息……至今八十多岁的我大伯，头上还留有那时的一个伤疤。所以自打新中国成立，我娘娘就衷心拥护共产党、人民政府，积极响应土改政策，全力支持成年后的我父亲参加各项社会活动。

我从小跟着娘娘。小时候，因为家里孩子多，母亲顾不过来，我就主要由娘娘照顾养大。七岁那年，由于娘身上与生带来的胎毒，我满头长满了毒疮，家里条件差没钱治，只能用土郎中的草药敷贴，白天还好可以随时更换，到了晚上麻烦多了。半夜里，娘娘起来帮我换草药和纱布，我小、贪睡，迷迷糊糊的，却常常因脓血粘在纱布上、干了，揭起来不小心连皮都会被拉起，痛得我嗷嗷直叫。娘娘赶紧把我搂在怀里，一边轻轻地哄着，一边用湿润的茶叶渣慢慢地在疮口周围擦着、滋润着，化开粘连的纱布，揭下、换上、包好、缠上，如此这般一晚三次，我不久就沉沉睡去，而娘娘却好几个月睡不了一个囫囵觉，直到我疮口愈合为止。

以后随着慢慢长大，娘娘时时教育我们怎样为人处世，并处处言传身教。她勤俭克己，一件丹士林蓝布衫总是洗了又洗，补了又补，即使后来家里条件改善了，也舍不得扔掉，自己一块一块剪下来，用来纳鞋底儿；她节制谦让，在村里从不跟人争长论短，宁肯自己吃亏，也要让着人家一点儿；她温顺善良，看到有人来家门口乞讨，不管自家有没有吃的，总和颜悦色从不让人空手而归。曾经有个几十年未往来的远房亲戚，带着几分试试看的心情，来到我家乞讨，娘娘起先没认出，盛出一大碗饭给那亲戚，后来在言谈中得知两家还有表亲关系，娘娘毫不嫌弃，除了留下她吃饭，还倾其所有把集体小农庄里分下来的半簸箕芋艿全倒进那亲戚的破麻袋，从此以后，那亲戚把我娘娘当作了亲姐姐……娘娘的这些良好性格品行至今都在深深地影响着我。

1993 年农历三月二十日，是我永生难忘的日子，当我在外地接到口信，跌跌撞撞赶到家时，娘娘已被安放在堂前门板上，两条白色的床单把她围进一个长方形的空间，也把她与我们分开，隔成了阴阳两个世界。我揭开蒙在她脸上的那方白布，细细端详她那紧闭的双眼、挺直的鼻梁、高凸的颧骨和干瘪的嘴巴，一阵撕心裂肺的痛楚霎时传遍了全身……有人说，失去母亲的日子，是人生永远的灾后重建，那我失去娘娘的日子，又何尝不是呢！

尽管娘娘已离世多年，但现在我只要一想到她，立即会情不自禁地泪流满面，独自一个人默默地坐上一会儿，以平稳自己的心情、思绪。在以后的日子里，那个最爱我和我最爱的人都始终在陪伴着我，给我无限的勇气和力量，去完成人生目标，实现人生梦想。

（2021 年 6 月 20 日）

点点人生

五号车上

五号车，这是大家对来往于市中心和师院之间五路公共汽车的简称，是褒是贬，有待查实。真讨厌，要是我有一辆自行车，那才不会去挤乘五号车呢，瞧那拥挤劲儿，特别是节假日，单是上下车的两场必不可少的“挤车战”，就会令人望而生畏。

“五号车来喽！”不知道是谁高喊一声，还没等车子停稳，我便随举酸了头、站木了腿的人们，裹挟着向车门涌去。霎时，上下车的两股人流会合在一起、凝固不动了，纵然是售票员声嘶力竭地苦口婆心提醒、劝说，怎奈敌不过人群的喧嚣声。

“行路难，行路难……”昔日的李白在叹息着人生的坎坷，而我却在身体力行着乘车行路之难。幸亏胖胖的督岗员凭着一股子蛮力，一边拿出革命加拼命的精神，帮着维持秩序，一边说着乘车不是“请客吃饭”，将最后一位旅客使劲儿推上了汽车。

人们笑骂着、叫嚷着，而汽车却仿佛在不断呻吟，我杞人忧天地担心车子会被一下挤得四分五裂，它痛苦、艰难、怨愤、笨拙地关上了门。“嘀嘀”，它还是忘不了自己的职责，提醒等候另一路车的人们：请旅客你们让一让，我要开走了。

你还叫什么？我心里暗暗地埋怨着，腰部被坚硬的椅子把手顶得不行，得转一下身，以免遭受它持之以恒的无情攻击。不料，我一转身把个身边的小学生挤哭了。哎，祖国的花朵、希望和未来。

小弟弟，对不起，别哭别哭，大学生哥哥还会欺负你吗？我也跟你一样是学生，一年后或许还会成为你们的老师呢。可是，是成为作家魏巍的班主任还是苏联的乡村女教师？还不一定呢，我这样想着。

咱们交个朋友吧，不打不相识嘛。你读过李白的《行路难》吗？对对，就是写“白日依山尽”的那个，你知道吗？我们正在体验生活中的行路难哪，嘻嘻……

我又艰难地扭动了一下被压麻了的大腿。糟糕！把老大爷的脚给踩上了。

嗨，老大爷，对不起，您别瞪眼，我不是故意踩您的。别看我的飘飘长发，还要看“心窝窝”哩，您看我胸上师范学院的校徽，我还要为人师表呢。而且，刚才要不是我没一下抢坐在您的位置上，您现在还得像我一样站着吧？

哦，您的孙子也在上师范，是什么系的？去年考上的？太好了，那他该是我的校友。老大爷，有人想下车了，您让着点儿，当心撞着。

哎哟！我一咧嘴，妈呀，亏得由于文明礼貌的长期教育，才把我要骂出口的粗言脏语咽了回去。是谁把打铁钉的高跟鞋踩在我脚背上啦？你打铁钉是为了去马路上显威风，干吗踩到我的足弓上呢？

喂，小家伙儿，笑什么？大学生叔叔痛得咧了一下嘴，你还以为跟你做鬼脸，就笑了，真是小糊涂，要不是我刚才在门口侧着身子让着，让着你妈和抱着的你，你恐怕连哭还来不及，到现在还挂着泪水呢。

其实，叔叔的脚当一回马路又有什么？不是有更多的人愿将自己的整个身躯铺在路上，让人们从他们的身上走过去吗？我想象着刚才咧嘴龇牙的怪模样，准得出丑了，自己也情不自禁地笑了，赶快把头扭向窗口。

真怪，窗内窗外竟是两个世界，窗外的情景真令人陶醉。下班的自行车在穿梭，偶尔有烫发的小伙子在赛飞车，自然，花枝招展的姑娘和她们的五彩缤纷的小飞车是人流中必不可少的点缀；放学的孩子更是像出笼的小鸟，有的还从路边摘上几枝野花，朝我们的车子摇一摇、招招手，是为奔驰的汽车，还是为工作中的司机，或是为行色匆匆的旅客？他们无拘无束，多快活啊！

迎面而来的是一片碧绿的田野，因刚下过小雨，那绿更是泛着油光，使人忍不住想去闻闻绿色的气味，尝一尝绿色的滋味。其中偶尔也有探头探脑的草籽花，在晚风中摇头晃脑，悠然自得。

“打两个滚，踢几脚球，赛几趟跑，捉几回迷藏。风轻悄悄的，草软绵绵的……”看着眼前的这一切，我心里默念着朱自清的《春》，真是画一样的景、诗一样的情！

（1987 年 4 月 20 日）

他　她

一个初秋的晚上，他拿了一本书，坐在操场边的一排树后，看得津津有味。除了看书，他没有其他爱好，也不喜欢运动；她却能歌善舞，尤其讲得一口标准的普通话，也喜欢运动，爱打网球。

那次打网球，球正落在他的不远处，她才看到了他。

“又是一个书呆子！”她不无嘲弄。

“你说什么？”他抬头，脸上似有愠色。因为他最讨厌别人说他是“书呆子”。

“我说，你是一个书——呆——子——”她挑衅似的微笑着，一字一顿。

“你——”他被噎住了，猛一下跳起来，去抢球。当然抢了过来，她力气小，抢不过他。

“给我！”她昂着头，伸出一只纤纤手，明显的不是在乞求，而他的回答是，恶作剧地把球扔向了更远处。

她涨红了脸，忽又狡黠一笑，冷不防，“啪”的一声打下了他手中的书，还“哗啦啦”撕破了几页，一转身“咯咯咯咯”笑着跑开了。他很是恼火。

几天后，他们又在餐厅相遇，她冲他调皮地眨眨眼。面对漂漂亮亮的她，他觉得实在没有不理睬她的理由，再说“伸手不打笑脸人”，他也跟着咧开嘴，宽厚地笑笑。

在学校里，她成绩好，人也好看，有不少男孩子围着她转。他呢，成绩平平，长得也不怎么样，只是有一双女孩子般秀气的双眼皮丹凤眼。

起先他们很少来往，后来不知怎么一来二去的，他常去她的寝室，再后来，她也常来。过去他很少参与男孩子们谈“女生”的话题，觉得那是很无聊的事情，现在他也慢慢地参与了进去，也借机从别人口中侧面了解她。

他开始仔细观察她，觉得她很有“意思”：她时髦，爱打扮——恰到好处的那种；她的声音真好听，好听得他形容不出。

她也发觉他很有趣：要么不说话，一说就很能“侃”，而且幽默而不失文雅。要是有一天没见着她，他好像觉得缺少了什么，她有时也有这样的感觉。

他说话的时候，她嚼着巧克力，还十分孩子气地双手托着下巴，注视着他那双秀气的眼睛。自然，她也少不了插几句，似乎作为他们话题的点缀。

有时她也说一些别的男孩子听不到的话。他从不插话，微笑着，或点头，或摇头，稳笃笃地喝着她泡的茶，俨然是一位老成的大哥在听一位稚气的小妹妹倾诉。

他不抽烟，就好喝茶，常常能把她气喘吁吁打来的一瓶水喝完。有一次，水喝完，没了，一点儿也没了，再倒倒真的一点儿也倒不出了，她就去卫生间打来水，偷偷地在小电炉里烧，不幸被生活指导老师抓个正着，准备严肃处理。俩人求爷爷告奶奶，直到罚款 5 元才算完。

要毕业了，她告诉他，她将被分配到省电台文艺部当节目主持人，因为她有个“官爸爸”，而且她也有这方面的天赋，他觉得她也应该如此。他是自愿回老家教书的，因为他原是山里人的骄傲，那里更有需要他的天地。

这晚，他们谈了很久很久，还希冀着对方再说些什么，但终于没有说。因为她不好意思主动说，他呢，觉得还能说什么呀。

工作以后，她以自己的多才多艺赢得了很多掌声，在省内外很有名气。他呢，所教的班级在统考中获得了全区第一、全市第二，但很少有人知道他的名字，虽然家乡的人们常常说起他，也崇敬他。

他们之间有过几次通信，后来，他有了未婚妻，她也有了男朋友；再后来，各自结婚，各自生活，彼此都渐渐淡忘了，也没再见过面。

直到几年后的校庆，两人才见了面。走在校园昔日的林荫道上，他背着手，她双手插着兜。秋天的傍晚，夕阳早已西下，却在天边洒下了一把彩霞，煞是绚丽；风凉丝丝的，但不冷，反而怪舒服的。

他们各自谈着自己的天地，以及在各自天地里的奔波。他们为自己付出得不多、得到的很多而不安，也为对方没有辜负当初为自己选择的天地而欣慰不已。

他们谈得很多很多，谈得很深很深，谈到很晚很晚，只有那长长的路在默默延伸，仿佛在竭力记忆，秋天里有这样一个曾经的故事……

（1991 年 9 月 6 日）

名　片

王麻子是我高中时的同学，因为他的德性和成绩单上常挂“红灯”的学习经历，某老师曾对他的前途做过三个字的“判决”：没出息。可是，时隔十几年，当刮目相看了。

那天，我走在去图书馆的路上，迎面碰上了正坐在三轮车上的王，我们同时发现了对方。七八年不见突遇故友，他连忙叫停车，跳下来递给我一支北仑烟，在摸遍四只口袋后捧上了一张名片：市图书管理学会副理事长、市图书学报副主编王波。

我们第二次相遇在广告美术公司门口，王正推着摩托车像要出去，头发梳得很亮，架副冒牌金丝边眼镜。他从随带的公文夹里抽出一支云烟，又随手递上一张名片：市广告美术公司总经理助理、市艺术家协会业余会员、市电视剧制作中心美术室常务副主任王波。

第三次在歌舞厅，我正呆头呆脑地在感应门前徘徊，一辆蓝鸟车悄无声息地在我身边停下，王气宇轩昂地跨出车门。他很客气地叫住我，抛过来一支中华烟，只见纤指丢来一张名片：中外合资天堂装饰有限公司总裁、香港飞跃艺术中心开发投资协会顾问、银河旅游中心公关部部长王波，下面还有一连串办公室和深圳寓所的电话号码及大哥大号码。

在不到两年的时间里，我竟见到“换”了三个头衔的王麻子，得到了三张他的具有天壤之别的名片，这些都让我自惭形秽，直想扇自己的嘴巴；却又让我整天心猿意马、神志恍惚。

面对春风得意的王和他的变幻无穷的名片，我实在是迷茫了，是“不是我不明白，这世界变化快”！

（1993年11月13日）

种　树

星期天早上，天是阴沉沉的，淡淡的晨雾中仿佛浸透了水分，偶尔飘着的几点小雨却是不知不觉的。我走在前，父亲跟在后，都扛着锄头，我还拿着树苗，父子俩准备去种树。

记得小时候，父亲去种树，我每每缠着也要去，父亲偶尔“恩准”了，便是父亲扛着锄头在前走，我扛不动锄头，只拿着与我差不多高的树苗跟在后。这次，倒是我想去种树，而是父亲自告奋勇“报名响应”参加的。

小时随父母，大了父母倒随自己，这之中既有做了“大人”的自豪，还有对父母曾经怀抱的留恋呢。

我听父亲在后面讲起了他过去的事。其实以前父亲也讲，可那时我还小，容易分心，在他身后听不上几句，就会被路边的花、虫迷住。父亲感到身后失去了唯一的“听众”，就回过头来，耐心地等，还说着“小心摔倒”之类的话。我赶紧跑上前，这样走走停停，父亲便意味深长地说：春光不等人，树苗等着我们去栽呢。我不懂，以为春天今年去了明年还会来，树苗今年种不了明年也可以种呀。

父亲回忆说，他小时在这山上放过牛，一次因贪玩，顾不了牛，牛吃了人家的柴叶被人牵去了，他又气又怕地蹲在那块大石旁不敢回家。直到天黑，奶奶颠着小脚上山找到了他，拉着他的小手，母子俩给人打躬作揖，讲完一大箩筐好话，才牵回了自家的牛……

又说，他年轻的时候，当大队干部，带着大家砌造山边那块梯田，休息时，不知怎么的，大伙儿起哄，比试谁的手劲足、力气大，他就一手一块大石，拎着在山上山下走了两个来回，没有一个人不佩服他力气大的……

看得出，父亲言语间有对往事的依恋。人或都这样，小时盼长大，像催着树苗快快长；等到真的长大了，又留恋起以前的事，像长大了的树，又会从根处抽出小芽。父亲也这样吧，那我呢，又何尝不是？

小时，因我老落在后边，父亲让我在前面走，他好在后面“赶着”、监督着。走了不久，我又会停下来，看树上不知名的小鸟，觉得他们似乎在朝我起劲儿地唱。

父亲也站住了，停下来一起谛听，又用口哨学几声鸟叫。父亲的口哨吹得真好，各种各样的鸟叫声他都学得惟妙惟肖。他曾经在公社文艺会演的时候上台表演过呢。

附近的鸟儿们都被呼朋唤友地吸引过来了。父亲抬头看看太阳，觉得时间不早了，就弯腰捡起一颗小石头，向竹梢蓬中的鸟儿们扔去，鸟儿们立刻被惊起，都叽叽喳喳地飞走了。接着我的后脑勺上挨了父亲轻轻的一巴掌，俩人继续往前走。

我和父亲谈起了这些以前的事，以及那后脑勺挨的一巴掌，他有点儿惋惜地叹口气，说声“儿大不随父”啊。我也觉得惋惜，很少能得到父亲的亲情了。过去以为大人爱唠叨，关心起人来没完没了，而现在却觉得那话亲切、悦耳。小时处在父母荫庇的圈子里，想充大混出去，大了又想回来，莫非这个也算是“围城”现象，不知道人家是不是，反正我是如此。

远远望见，地边我前几年种的小树已成了大树，树在长，人也在长；树可做大材了，而这时的我也懂了“春光不等人”了。

我在地边挖坑，父亲放树苗并填土，种下我们的希望，留下父子的亲情，更增添我对父亲深深的敬意。

（1992年3月6日）

“争　钱”

随着商品经济浪潮的冲击，我觉得，“挣钱”两个字在许多场合里应当写作“争钱”了。比如说，在市场上买东西，与摊贩的讨价还价就是在争价钱的多少，对摊贩来说，与其说是挣钱，倒不如说是“争钱”。

一天，我来到小商品市场，看好了一件墨色的T恤衫，比量着自己身子的大小，刚合适。摊主是个年轻妇女，看她能说会道的样子，想来很得为价高价低费一番口舌了。我装着不经意的样子问她价钱，她说你买的话便宜一点儿，42块钱给你。

凭着我道听途说得来的“经验”和自己也曾吃过亏的“深刻教训”，我狠杀了价钱：就25块钱给我吧。她说，这不行，进价也要30块呢。我不信，再三“劝说”：就25块吧，你在我这里少挣点儿，在别的地方多挣点儿，不就行了？她说不行，要30块。我说，那我不买，要走了。这下那妇女急了，说：师傅，再便宜你一点儿。我还是说不买了。她又用商量的口气：那你要多少钱？我说：25块，否则我就走人。那妇女想了想，显得十分不情愿的样子，说：师傅你真行，真会还价，好吧，就依你，25块。

事后我很得意，从42块还价到25块，这其中的17块钱就是“争钱”的结果。当我回来绘声绘色地与同事说起这件事，他却哈哈大笑，拿出一件跟我一模一样的T恤，模仿着那妇女的腔调：师傅，你真行啊，我这边比你还便宜呢，才20块哩！

瞧，那种挣钱的方式不就是“争钱”吗？

（1991年6月18日）

婚　难

近日有一在山区教书的同学来访，其年近而立，但婚姻至今尚未着落，心情烦闷，谈论间言语颇为偏激，我有心想安慰他几句，无奈现实胜于雄辩，且有物伤其类、狐死兔悲之感，今录之，也算吐一吐“心曲”。

我教书的那个地方还算二类山区（一类山区的情况还要糟），交通不便，远离县城，人们毫不夸张地把去县城路上必须经过的那个山岭称为“龙门”，一个个都想往岭外跑。有道是结婚三件事：票子、房子和女子，而这三件对我们大多数男同胞来说一件都不如意。

先说票子，月工资带奖金一百五六十元，比起老爷子刚刚工作那会儿倒有天壤之别，但现在物价涨得飞快，书要买，磁带不可少，人来客往要支出，一个月下来工资用个精光，亏得我一不喝酒二不抽烟，月月还往家里送12元，总该尽点儿孝心吧。

房子？即使老家那边有，但学校离家远，上下班来去不方便；你想买吧，手中又无钱；学校无公房，单人宿舍又小又暗，被同事们戏称为“古垒”，而我们则被称为其中进进出出的幽灵。

说到女子。记得毕业前，男女同学谈笑间，女同学无不自豪地“宣称”：“你们男同学以后找对象难，而我们倒是随便怎么找都可以，反正以后儿女户粮随母。”呛得我一扭头回到寝室，奋笔疾书：横眉冷对秋波，俯首甘为光棍。

不想工作后，女同学的话应验了，回想她说得倒也实在：我们教书的与外界接触少，本地全民单位不多，吃商品粮的姑娘少，找个农业户心又不甘，即使自己中意，老家父母也不干。

我也动过调往县城的念头，但心里又不愿离开这里，想当初父母含辛茹苦把自己养育大，为家乡做些事也算是对父母的回报了，这里教育落后，正需要我们，我们只有加倍地努力工作，才对得起家乡的人民。每每想到这些，我的心又会平静下来，但愿以后会好些。

（1990 年 12 月 18 日）

月　夜

夕阳隐入黑黝黝的群山中，夜像雾一样弥漫了天地，一轮皓月向大地洒下了银辉，稀疏的星星调皮地眨着眼睛，窥视着人间。

凉风习习，我独自伫立在庭院内，带着完成一天工作后的一种解脱、一阵轻松，慢慢地欣赏起这月光下的景色来了。

月光如流水一般，轻柔而均匀地泻向大地，庭院里的一切都溶在这皎洁的月光中了，花、草、村、院墙……还有，包括我！

那白天五色缤纷的花，现在虽然不那么鲜艳，但更加娇嫩了，好像洒上了一层淡淡的、乳白色的液体。花瓣上一颗颗的露珠，正像天上的星星在一闪一闪地发着光，好像它们在与星星用眼睛说着悄悄话。围墙旁的一排白杨树的倩影，映在银白色的院墙上，像是一幅水墨画，形象逼真。我不由自主地走上前去看个仔细……

和风轻轻吹来，花儿微微点头，花瓣上的露珠不由自主地滚落下来，正如一粒粒的明珠，我欲上前用手去接，生怕它们碰碎了，但它们却“嗖”地一下钻进了地下，不再出来，我好像失去了什么……

然而，那微风送来的阵阵清香，密密的树叶发出的“沙沙沙沙”的声音，又令我陶然欲醉了。

玉盘当空，光洁明亮。我重新走回房间，让甜梦伴着我进入梦乡……

（1985 年 1 月 23 日）

酷爱看书

不知怎的，我与书结下了不解之缘。也许是读初一时的一本《十万个为什么》，也许是一本《董存瑞的故事》，或者是一本《天方夜谭》……总之，看书竟成了我唯一的业余爱好。

尽管自己拥有的书籍不多，但我什么书都想看，上至领袖著作、诗词、人物传记、历史文献，下至市井街头的传奇小报，甚至是一则广告、一张说明书。

记得今年春节，去两个娘舅家拜年，我在大舅家的阁楼上发现了一大捆知识性、趣味性都很强的小报，就独自一人蹲着翻了起来，竟忘记了吃午饭。两个舅舅都以为我在对方家里吃了饭，没去找我，直到吃点心时还不见我的影子，感到纳闷，就分头找了起来，终于在小阁楼上找到了满头灰尘的我。

看书，既是茶余饭后很好的消遣，更是辛勤工作后最佳的休息方式。一本书以前看了，后来可能会再回头去看看，一本好书我更会反复去看几遍，而且总觉得每次看后都会有点儿收获，这就是“温故而知新”吧。

最近的一次看《红楼梦》，是在去年暑假里，我又将书翻了出来，从头至尾逐字逐句地读，还把其中的“奇妙之词”、精彩片段摘下来贴在墙壁上，一有空就瞧上几眼。

我看书有个怪脾气，喜欢几本不同类型的书同时看，就是上午有空看这本书，下午有空看那本书，不是一本书、一本书地看到底的。所以我在向图书馆借书时，往往要赔着笑脸跟管理员软磨硬泡，为的是想多借几本不同类型的书，为此要招惹不少白眼。一次，心情不好的管理员同志向我出示“黄牌”警告，宣称以后再也不准我多借书了。我只得低声下气地求她“高抬贵手”。要不是在人屋檐下，我早就跟她干上仗啦。

书籍是人类精神的食粮，看书堪称是我最好的精神享受。看完一本好书，有时会更感受到一种至高无上、完美无缺的满足。

看书其乐无穷，我酷爱看书。

（1990 年 8 月）

走出自我

不知从何时开始，我就把自己关在了自我的小天地里，喜欢一个人独来独往，与同学朋友间很少来往，平时也不肯多说一句话，与生人交谈还会脸红，甚至结巴，我变得“不可多说一句话，不肯多走一步路了”。后来，我讨厌起这种内向型的性格，试图使自己走出自我的小天地。

听人说，运动能使人心情舒畅、性格开朗。我买来了球拍，一有空就与人打球，既打乒乓球、羽毛球，又打篮球。球高了、球低了，球打得好、打得坏，谁的球打得好、谁的球打得一般般，自然而然地话头、话题就多了起来，再东拉西凑的，同事间的关系也亲密起来了。有时把一些埋在心底的事也说了出来，同事就热情地做参谋。看到人家这么热心，干脆就把心思全都抛了出来，解去了不少心头的“千千结”，心情也就舒畅起来，有事就不闷在肚里，爱和人商量了。

过去，单位里人与人之间的关系不是很密切，这些年寝室里住进了一批年轻人，气氛就活跃多了。因我嗜好干净清静，常一个人关在房间里埋头学习，怕别人打扰。同事有所顾忌，就少涉足我的“寒舍”了。现在我就敞开着门，请同事来坐，几个人坐在自己的寝室里吃饭，有时喝点儿酒、抽支烟，聊一晚上天，嘻嘻哈哈，好不热闹。

我这人生性好幽默，但很少体现出来。这下可好了，我跟着大家起哄，我的寝室被大家公认为“光棍乐园”，我则是“笑话博士”。因为我讲的笑话，常常能使男同胞喷饭，女同事笑得肚子疼呢。

最近一位久别的女同学路过，说我这个过去“很老实”的男同学，现在也变得这么调皮起来了哈。我自己也觉得我的性格在慢慢地变，也感觉到了走出自我小天地的乐趣。

走出自我小天地，加入同伴们的队伍中来，因为那里有的是朋友的真诚、真诚的友谊、友谊的乐趣。

（1991年1月25日）

为难女友

女友老爱拿问题考我，惹得我性起，也决定难难她，给她点儿颜色看看。

一天她来了，我出其不意地问她："《安娜·卡列尼娜》里的第一句话是什么？"

"哼！这么简单的问题谁不知道！"她装作不屑地抽抽她那小巧的鼻子。

"好！那你说！"我也不甘示弱。

"这个问题太简单了，换一个吧？"她用商量的语气说。

"不行，不行！"我连连说。我可不怕你耍花招。她嘴上说简单，其实可能答不出呢。

为了激励她的"士气"，我拿出一块巧克力，说："你答出来了，这块巧克力我剥给你吃，答不出来，你剥给我吃！"

"好！一言为定！"

"一言为定！"

她忽又改变了主意："还是换一个吧？换一个嘛……"她扭着身子，调皮的眼睛盯着我。我今天决心要来个"英雄能过美人关”，就笑而不答。

“好！你等着瞧！”突然，她一把夺去我手中的巧克力。我急得一面去抢一面叫道：“无功不受禄，耍赖是要不来的。”

她一下推开我：“谁耍赖了？”

“你！”

“好！”她轻蔑地一笑，“告诉你，那句话是：幸福的家庭是相似的，不幸的家庭各有各的不幸。怎么样，这块糖该我吃了吧？”她得意扬扬。

我一下愣住了，眼睁睁地看着她剥开糖纸，忽然她像想起了什么，重新把巧克力包好，塞到我的手中：“现在该实现你的诺言了吧？”

我真是“搬起石头砸了自己的脚”，讪讪地笑着，剥开糖纸，乖乖地把巧克力送到她的口中……

（1989 年 3 月 19 日）

做家务

我得承认，我是有大男子主义思想，但绝不是大男子主义者。对于做家务，总以为那是女人们的事，“女主内，男主外”嘛。可我现在才明白：错啦！

当初结婚后，我始终恪守着这一“信条”，妻也习以为常，反正在两个人的世界里没有多少家务可做。但后来生了女儿，家务事兀然堆成了一座山，做也做不完，赖也赖不掉，我是挥也挥不去、赶也赶不走、跑都跑不掉。你不信？说几个让你听听。

你说女儿要尿尿了，妻在把着，叫你端痰盂，你能站在一边看热闹？那尿洒在你身上怎么办！这是一。妻要给女儿喂饭了，女儿别过头不想吃，你能坐着不动，不去敲瓷碗哄女儿吃饭，女儿瘦下去了你赔？她长大了如果营养不良智力发育不正常，那会找我这个做爹的算账的！是为二。妻在给女儿洗澡，女儿自以为沾上香皂的小手很香，硬要让你嗅，小脸硬要让你亲，你能像冷血动物一样，无动于衷？还不赶快屁颠儿屁颠儿地去帮着烘热小衣服，女儿若是受凉生病了让你抱不了背着送医院，这是三……说一千道一万，最关键的一句是：“要你这当爸爸的干吗？”天哪！这还有完没完，我的空余时间全让这可气可笑可恼、又无可奈何的家务事给蚕食，塞满了。

后来的事实证明，我所做的这些只是鸡毛蒜皮，还处于山样家务事的外围，堡垒还在后头呢！再看看妻，要上班，要管女儿，起早摸黑，累得白天直不起腰，晚上睡不着觉。动物尚有亲亲之情，何况人乎，更何况热血沸腾的男子汉乎！我终于放弃了“信条”，放下架子——其实要那臭架子干吗呢？又换来妻子的温柔，女儿的温情，家庭的温馨。我要用自己的双手、双肩乃至双脚，准备同妻一道并肩去挖那座家务山，最终感动我们的上帝——那逐渐长大的女儿。

呀！不说了，女儿叫我了，会是什么事呢？哦，她已经拉完了屎，在叫我去擦屁屁呢！噫——这一下又惨啰！

（1996年6月28日）

戒　烟

现在的中学生可“鬼”呢，老师确实不好当啦。

一次，我在办公室里，手夹香烟与人高谈阔论。这时，三四位女生嘻嘻哈哈相互推搡着走到门口，其中一位胆大的高个女同学喊声“报告”，进来递给我一张纸，转身又笑着一阵风似的跑开了。

我翻开纸一看，嗬，是张漫画：戴眼镜的我正叼着香烟，吞云吐雾，烟圈儿里写着“明天我戒烟”。漫画的题目是：《明天何时了？》

我又好气又好笑，这些学生怎么知道我说过要戒烟的？一定是上星期我向同事保证时让她们偷听去了，我把手里的半支烟狠狠一扔，使劲儿踩上一脚。

第二天，上课铃一响，我走进教室，全班同学都心神不定地看着我，看来他们早就串通好了。我发表了“课前赘语”：“昨天收到了同学们给我的一张漫画，我已珍藏起来了。它给了我一个警示：言必行、行必果。今后就请同学们监督，师生共同提高！”

教室里立刻响起热烈的掌声。从此以后，我再也没抽过一根烟，并尽最大努力不使自己失信。

（1990 年 11 月 4 日）

夜自修

我在村小上学那会儿，学校要求学生晚上组织夜自修，因为在农村差不多每个学生一放学就要帮助大人去干活儿，白天没时间，不能好好复习、做作业，只能利用晚上闲暇时间。

这种夜自修与现在的完全不同，学校考虑到一、二年级学生年龄小，要求三年级以上的晚上自行组织，由班主任把全班按平时座位大致分成四个小组，每一组十人左右，其中成绩较好、能守纪律的学生稍作统筹搭配，再配上一位班干部带队，仍以原来的小组长为学习组长。学习地点不是安排在学校里，而是在每个组员家里，通常一个晚上一家，在组内轮流，譬如今晚在你家，明晚在他家，后晚在我家……一星期轮上五个晚上，两个星期共十个晚上，一组内差不多轮完。

那时候，村里还没有通电安装电灯，学习时照明用的东西是各自从家里带来的，有煤油灯盏、有蜡烛、有烧香拜佛用剩下的红蜡烛，甚至家里大人特制的“松明子”，五花八门，后来有了电灯，却三天两头要断电，断电时大家又会用上那些原始的照明工具。

每当轮到一家，那户人家吃完晚饭，会早早地收拾好桌子椅子，有的怕坐不下，就扛出放在堂屋正中、平时不用的“八仙桌”，擦干净，排好长凳。大家按时来到，团团围坐在一起。家里人怕影响大家学习，会很自觉地让出天地，有的出去聊天，有的躲在里屋做针线活儿。

小组长根据每天老师下达的学习计划，一般先是组织大家朗读课文，顿时在夜晚的农家院子里传出琅琅的读书声。有背诵要求的，再各自背诵一阵子，那声音零落嘈杂，有点儿“大珠小珠落玉盘”的味道。接着是写作业，十几个人静悄悄的，只听见铅笔写在纸上的“沙沙”声，其间偶尔也会有争论声，那是写作业时有人碰到了不清楚的地方，在相互讨论。这情景有点儿像私塾。

夜自修每晚从六点半开始，到十点左右结束，风雨无阻。许多家长很客气，热情地欢迎我们去他们家，有的还炒点儿过年时才吃的零食来招待，大家都懂礼貌地连声道谢，那同学也觉得自己脸上很有光。在这些家长中，数小欢的妈妈最好，尽管她的手脚是残疾的，干活儿不方便，但她心地善良，待人热情。每次轮到去她家，她总会变着法子给我们准备点儿零嘴，有炒好了的瓜子、大豆、番薯干，等等。看到大家坐定，她变戏法儿似的从身后拿出一个小簸箕，一人一大把均匀地分发到每个人的面前，大家都感激不尽。

直到现在，我们相聚的时候总要提起她，可惜她老人家已故去好多年了。

也有些家长很小气，怕耗电费钱，平时自家连电灯都舍不得用，当然不很欢迎甚至拒绝我们去他们家里学习。每当这时，班干部挺身而出，会带着组员上门去论理，开展说理“斗争”，如果这样还不行，会由老师亲自上门去做工作。有一次，有一户特别“抠门”的，不仅拒绝我们去他家里，还责骂前去论理的小组长，以致惊动了大队干部，队领导看不下去，出来帮我们说了话，那人才很不情愿地答应，弄得那家儿子在同学中很没面子，好久在学校里抬不起头。

夜自修进行的时候，老师要来检查，有时校长或教导主任还会一起来，往往事先不告诉人，搞突然袭击。查到晚上没有好好学习的，小组长、班干部要受到批评，因为他们负有“领导责任”。每晚夜自修小组长还要点名，到学期末进行统计考核，学习情况由班干部随时向老师报告，倘若碰到不肯好好学习、吵吵闹闹、经常迟到早退的组员，由小组长或者班干部随时上报。

多数时候，学习情况是报告给班主任或任课老师的，第二天老师就把不认真的同学叫到办公室，罚他“面壁思过”，并狠狠“尅”上一顿。也有当即报告给“犯事”同学家长的，因为都住同村，相互熟悉、相隔不远，马上有家长“现场办公”，对自家孩子进行管教：轻点儿的骂几句，重点儿的吃两个“爆栗”。

这种给家长打“小报告”的，小组长、班干部甚至男生都不多干，主要是以女同学居多，尤其是那几个家里条件稍微好点儿、有点儿娇生惯养、自认为相貌好看点儿的，“骄”“娇”得很，“告状”的内容特别多，什么头上的蝴蝶结被男生弄坏了、新衣服被邻座碰上墨汁水啦、白球鞋被“淘气包”踩脏了……我组上的一位女生尤其爱哭，稍有委屈，就像贾府的林妹妹抽抽搭搭闹个不停，旁边同学、我，甚至班干部劝解也不行，有时还硬扯着“肇事”同学，上门去找大人，帮她“出气”。

别组还有一个更加“奇葩”的女生，仗着老爹是大队干部，像“毛毛虫”，旁人碰她不得，一碰就会纠缠不清，吵着闹着要去找对方大人，而且不知是出于什么心态，专找一家之中平时管教严厉的家长，譬如，谁家的爹对孩子“凶”，她不找他娘，即使找到了也没用，专找他爹；谁家的娘“恶”，她不找他爹找他娘，为的是要让招惹她的同班同学受到更加严厉的惩罚，按她的说法就是要让他付出“沉重的代价”。为此大家平时都远远地躲着她。

当然啦，这样的人是极个别的，同学之间有的是团结友爱，有人家里有事上学请假了，当天晚上夜自修的时候，会有成绩好的同学主动帮助辅导，也会有其他同学帮忙抄来老师布置下来的作业，碰到不懂的地方，有勇敢的男生不顾夜黑害怕，立即跑去请教老师。

也有同学病了不能来上学的，当天晚上，小组长就把夜自修特地安排到他家里，组员们会想方设法尽自己努力，七手八脚地助上一臂之力，唯恐落后了帮不上忙，哪怕帮他削一削铅笔，连爱吵闹的“吵闹大王”也似乎特别懂事，不像平时说话大呼小叫的，变得轻手轻脚、细声细气的。那份同学的情谊啊，纯净得像山间溪水，清澈透明；纯朴得像田间稻子，朴实无华；纯清得像自酿白酒，历久弥香……

（2021 年 11 月 18 日）

撞　车

三十多年前，我师院毕业上班去镇中学报到。那天是 8 月 28 日，因为日子好记，还有后来发生的事情，印象深刻，所以我现在还记得清清楚楚。

那天，我起了个大早，因为是人生第一次，我穿上新买的短袖衫，骑上才买三个月的永久牌自行车，就是那种包链条、镀铬单脚支架的，很时髦的那种。到学校要穿过一段集镇，我正兴冲冲往前骑，却在一转弯处，来不及避让，与前面过来的一辆海狮牌大货架自行车相撞，幸亏我脚长没摔倒，对方也只是踉跄了几下。我的新车被撞起了漆皮，把我心疼的，我冲口而出：

“你怎么搞的？把我的车漆撞起来了，你赔我！”

那人定了定神，好像红了脸，显得不好意思：“对不起，对不起，是我急着赶路，不小心把你的新车撞坏了。”

我见那人 50 多岁的样子，像个大叔，知识分子的模样，一脸歉意。

“那你说怎么赔吧？”我见旁边有人过来围观，怕堵了路，想早点儿解决，缓和了口气，催他。

“你说怎么赔吧？反正该多少就多少。”他真诚地说。这倒让我有点儿为难：新车撞起漆皮你说赔多少呢？我搔搔头皮，一时接不上口。

“那就30元钱吧，你自己去车行修一下。”他摸索着自己的裤袋。这时，边上的人也来帮腔和事：“小后生，30元就30元，反正没伤着人，和为贵嘛。”

我想了想感觉也对，伸出手去接那大叔的钱，却感觉哪里不对，不好意思地停在半途中：长这么大还真的没有收过这种钱呢。

那人有点儿急了：“你说好不好吗？痛快点儿，我还要去开会。”路人也以为我嫌赔偿的钱少，都催促着：“小后生，吃点儿亏吧，人家要去开会，快接了钱放人家走吧。”

我说：“我不是那个意思……是，咳！算了……”说完，推开众人，准备走路。那大叔一把拉住我后面的车架子。

“那不好，钱你还是拿着吧，要是我新车被撞坏了，也心疼。”

我摇摇手，说：“算了算了。”

众人也劝说：“让你拿，你就拿着吧。”

我还是谢绝了那大叔和众人的好意，一蹬车走了。只听身后传来了那大叔和众人的赞扬声：“这小后生真大气，人不错！”

到了学校，我找校长报到，他不在，听说去镇政府开会了。我在教导处放下调令，按照教导主任的吩咐，去隔壁自己的办公室整理，等待10点参加全校教职员工开学前会议。9点50分的时候，大家陆陆续续走向楼上会议室，我跟在后面，在会议室靠窗口的地方找了个位置坐下，眼神一瞥，无意之中看到刚才路上撞车的那个“大叔”，骑着海狮牌大货架自行车急匆匆来到校长室，在屋前下车，推车到廊下，停住，右手一抬车后座，右脚熟练地一撇车支架，锁好，拿下挂在车把上的手提袋，推门进到校长室。我心头一愣：“那是校长啊？咋这么巧呀！”不由得自我解嘲地摇摇头。

果然，那“大叔”，不，大家口中的赵校长，不一会儿步履匆匆走进了会议室。整个会场顿时安静下来，校长在主位坐下，和旁边的教导主任轻声交流几句，就清清嗓子开始讲话。

“在会议开始前，先介绍三位刚分配到我校的新老师，请被介绍到的老师站起来亮个相。”第一位是物理专业毕业的，第二位是英语专业的，显然以后他们就教所学专业课，小个子的物理老师和烫头发的英语女老师先后站了起来。

“第三位是——”校长说到这里，用眼睛扫了扫会场，我立时知道该轮到我了，就有点儿不好意思地站了起来。校长看到我，略显尴尬。

“哦，我们刚才已经碰到了，碰过面啦。”校长把两个“碰”字说得有点儿重，我也连忙点头称是。于是两个人心知肚明地相对一笑……

会后，我回到自己办公室，静了静，想想觉得该跟校长去说些什么、解释些什么，又一想，觉得实在没什么好说的。后来，倒是校长先过来找我了。见此，毕竟人家年纪大，又是领导，我主动抢先开口：

“校长，实在不知道是你，刚才的事情对不起呀！”

校长笑笑摆摆手：“你的车子没大碍吧，还是去修一下，钱我会给你的。”

我连忙摇头："算了算了，也怪我自己骑车不注意减速。"这样相互谦让了几句，校长转换了话题，问我："听说你文字功底不错，我想让你坐到校长室里来，平时有空帮我整理整理一些材料。"

我当然没二话，迅速收拾起桌上摊着的本来就不多的几本书，跟着校长就走。从此以后，我就在校长室上班，坐校长对面。

我就这样结识了我参加工作后的第一个上级。

（2021 年 9 月 28 日）

志愿者

上个月，由余姚市长跑协会组织的全市2021“大叶工业杯”第五届24小时公益跑暨场地接力赛，在全民健身中心举行。赛前，我们5@运动队的队长“紫曦”临时抱佛脚，对我进行战前动员，软硬兼施让我代表5@运动队参加接力跑。想到自己单薄的身子和“玉树临风”的样子，我颇有自知之明地再三再四推辞，见我“软硬不吃”，最后她只得无奈地指派队政委“有花果”来说服我。我还是如法炮制仍然推托，“有花果”见此不成，退而求其次，软磨硬泡让我参加志愿者活动。这一下，我实在不好意思推辞了，更何况我面对的是队里的两位主要领导，想到以后还要在她们领导下参加活动，说不定哪个时候，这“俩货”一个“绵里藏针”，抛给我个“大蛋糕”让我吃不了兜着走，另一个“笑里藏刀”，扔给我一双“绣花鞋”让我穿着硌脚的“小鞋”去爬山。于是，我心一横言不由衷地答应了！

22日那天早上6点不到，“有花果”早早地催促我起来快点儿出发。我来不及吃早饭，差不多睡眼惺忪地跟着她，匆匆忙忙往健身中心走。一路上，她还不忘反复告诫我，他们志愿组里的领导是很认真的，对随意迟到早退的现象是“深恶痛绝”的，尤其是那个组长“紫蜜”，批评起来人是不留情面的，我看到过她曾对人发过一次威，因此听在耳里、记在心上，紧赶慢赶，赶在预定的6：30前到了健身中心司令台下。

只见这里早已人头涌动、熙熙攘攘、热闹非凡，我们跑到志愿者服务组的指示牌边，组长“紫蜜”不在，听人说她在别处忙碌。我们运动队里的“柳叶眉”像幼儿园里的妈咪，正耐心地在等人点名，报到一个，口里就喃喃地用她好听的“绵羊音”点一下名。她温柔多情大方，见到我们，一点完名，就不顾一切地当众和政委“有花果”热烈拥抱。知道我曾经不想来，这会儿居然也来了，她竟感动地伸过双手热情地也要和我“来一个”拥抱。

队里有名的摄影师“陈导哥”抢抓时机、十分机敏地端着相机，一闪身要拍我们俩的合照。我一边装作青涩的样子羞红了脸，对“柳叶眉”姐姐轻轻摇摇头，婉言谢绝她的一番美意，一边对“陈导哥”严肃地摆摆手，示意他万万不可这等造次。因为在大庭广众之下拍摄这类“艳照”，有损自家形象，传开去影响更不好。

还是后边的“青蛙妈”懂得人情世故，穿过人群，向我递上了她亲手做的豆沙面包，算是解了围。“青蛙妈”是我们队里有名的高级点心师，她的糕点厨艺在队里始终是大神级般的存在。她待人接物看似大大咧咧，却又那么热情直爽。我大口地咬着她的面包，正在大快朵颐、狼吞虎咽之际，听人说，“紫蜜”组长来了，大家立即停止了笑闹，我赶紧咽下了最后一口面包。

组长“紫蜜”一本正经地戴着运动帽和口罩，穿志愿者红背心，却是小巧清纯，一副邻家小姐姐的模样。众人七嘴八舌地上前打招呼，她矜持地一一点头。我也挤过去，讨好地大声向她报告："新晋志愿者'逍遥自在'向你报到!"我故意把"你"拖了长音，果然引起了她的注意，她回过头，只是随口说了一声"好的"，没有笑脸，或许有一点儿，但在口罩的严严包裹下压根儿看不到。

我因为初次做这类志愿者，属于临阵磨枪、仓促上阵，许多情况、"行规"还不明白，就不断地向组长大人请教起来了。比如这场24小时公益跑暨场地接力赛到底是咋回事情，组长认真地告诉我，就是在健身中心田径场以接力的方式，以及线上跑的方式连续不间断奔跑24小时，整个活动展现的是长跑运动的魅力和跑者的爱心；又比如今天来了多少人，来了些何方神圣，"紫蜜"不厌其烦地介绍道，今天来了28支长跑队伍，来自宁波、慈溪、杭州、上海等地，有近600名长跑爱好者、100多名志愿者、2000多名热心人士参加活动；我又问今天的活动有哪一个组织、哪一些"大佬"慷慨解囊赞助，"紫蜜"正想开口再做耐心讲解，边上的"有花果"推开我，嫌我多嘴多舌，责备我"太幼稚"，正告我做志愿者就做志愿者，问这些"劳什子"干吗。可谁让我是"菜鸟级"的志愿者呢，我只得意犹未尽地快快作罢，心想，反正不清楚就不清楚吧，也误不了什么大事。

幸亏"紫蜜"组长她们对我照顾有加，早把我安排在"熟练工"——"有花果"和"柳叶眉"的奖牌组。她将按组别领来的红背心、工作证一一分发给大家，发到我手里的时候，估计是怕我新来乍到的，人多走散，又淡淡地追加说了一句："等会儿我带你们过去。"我们都十分"听话"地穿戴好志愿者的"行头"——红背心和工作证。等忙完，"紫蜜"朝我们挥挥手，我们仨就顺从地紧随着她，穿过人群，走过“医护区”，作为医生的“青蛙妈”已在那边就位，正在桌子上摆放简易药物，她熟练地朝我们抛了一个空中“飞吻”；再穿过“拉伸区”，只见许多长跑选手正在做准备、放松活动，几个健身公司教练模样的人在帮着按摩、敲背，我们队的一号选手“杭徽先生”正在按摩床上被两个小哥哥“搓揉”得“死去活来”，见到我们，夸张地“哎哟、哎哟”叫唤起来，逗得我们幸灾乐祸、哈哈大笑。

我们来到跑道边的旗杆下，在写有“奖牌区”的指示牌处停下。这里已摆好了两张桌子，组长指着桌子，说这就是我们仨的工作岗位，具体任务是给为竞赛选手助跑的运动爱好者分发奖牌和纪念品，正式竞赛选手的奖牌、纪念品一概以跑团为单位会后领取；强调注意事项是岗在人在，8 小时内人不能离岗，因为在接连不断的助跑运动中，我们要接连不断地为助跑运动爱好者分发奖牌和纪念品；不能多发或者发错，否则要自掏腰包赔付……等她吩咐完毕，要走的时候，我按惯例想和她握个手，就主动作绅士状地伸出手去，她却像没看见似的急匆匆扬长而去，惹得“有花果”和“柳叶眉”淑女般地相对莞尔一笑，我在尴尬愣神的一刹那，急中生智，把伸出去的右手顺势往脑后一拍，像想起了什么似的：“哎呀！组长大人啊，我们这里还没有凳子呢，我跟你去搬一把来吧。”

（2021 年 7 月 7 日）

在城里种地

几年前，同学见我常常回老家忙着开地种菜，就告诉我他在城区废弃厂区里有一块荒地，让我有空自己去“玩玩”，“自种自收”。我大喜过望，感激不尽。

一个星期六早上，我带上开地工具，独自一人驱车前往。同学的废弃厂区占地面积不大，里面空无一人，东边果然有荒地一块，约两间屋基地大小，上面都是建筑垃圾，长满了芦苇杂草，人迹罕至，倒有旱老鼠出没。

看着眼前这一大片的连天荒草，上面起伏不平、坑坑洼洼，我估摸得花大力气整理一番才可种植作物，想到自己身单力薄，不由得倒吸一口凉气，但也不想拂了人家的一片好心。

我戴上手套，用阔口锄头削掉上面的荒草。要是早年间在农村一把火可以烧掉，省去不少麻烦，留下的草灰还是很好的肥料呢。现在怕污染环境，不要说城区，就是在农村也不能烧荒开垦了。我只能把草一棵一棵连根拔起或削掉，归拢到墙角让它腐烂后再作肥料。这需要细心、耐心，干起来很费时间，用掉了我整整一个上午。

下午，我用长柄铁耙把留在地面的、半嵌入土中的石头，统统扒拉出来，装到旧漆桶里，来来回回提着运到一边，顺手摆放、堆积起来，在四周砌成了一长溜田埂。

等到大致收拾完，结合自己体力，规划开垦范围，在空地上打桩、拉线、用石灰画线，勾画出十二个白色长方形，每个长方形大概八米长、两米宽，将来每一个长方形可开垦出一棱地。

忙到了傍晚，收工的时候，见地面干燥，怕明天开垦起来会很吃力，经旁边一老农提醒，我又从围墙外面水沟提来十几桶水，洒浇在地面上，让水渗透、浸润整个地表。

第二天是星期天，我按照昨天画出的长方形，一块一块地开垦起来。开地要用一种叫镢头的锄头，是我从老家特地借来的，还需要钢钎。这是一个力气活儿，我不会巧用力，只有些许蛮力。为了这个，平常中午不喝酒的我还特地喝了点儿啤酒，在酒足饭饱之后，抡起镢头格外有力。

我“面朝黄土背朝天”，下狠劲儿抡镢入土，镢板深陷土中，把镢柄用力往上一扳，人的力量通过手臂、镢柄和镢板的三角传递，作用到镢头尖上，把泥土翻起。要是一镢头抡下去，是泥土那可得谢天谢地了，大多数时候，碰到的都是石头，往往会砸得火星四溅。那就先要用阔口锄头细细剔除石头周边泥土、碎石，再用镢头利用杠杆原理将石头撬起来；大一点儿的石头，镢头不够用，怕用力下去，镢头柄、镢板断裂掉，那就要用钢钎了。

用尖尖的钢钎头，借着自身重力，直直地使劲搠下去，边搠边撬，钢钎头一点点儿深凿进去，大石头一点点儿被撬动、松动起来，几次三番，最后在钢钎后背垫上一块平直的石头作为支点，用全身力气，使劲儿往下按，借着身体、钢钎重力，几上几下，才能把大石头撬起，再赤手把石头翻滚到远处田埂边。

我仅仅作为锻炼身体的角度，每天开四棱地，即上下午各两棱，开开、挪挪、凿凿、撬撬，“工程”总体进展还算顺利。又用上一个双休日，终于把计划内的空地翻松了一遍。

按老农民的说法，这种开出来的土地，要让它透透气，需要经过太阳暴晒，以后才更加适宜栽种。因此我等了一个星期，到了第三个双休日，才用阔口锄勾画出一条条长长的田沟，便于今后排水；又用铁耙把大块儿大块儿的泥土翻转、砸碎，细细剔出里面细细碎碎的石子，再用建筑工地的铁筛子，筛了一遍泥土，打理成畦棱，总共开出了十二棱地。

这些土地，纯粹是从原来建筑垃圾里挖掘出来的，天晴太阳一晒，易结硬实的板块，而且涵养不了水分；碰到下雨天，雨水一浇，像混凝土，黏性十足，不利于庄稼破土生长，而且土地贫瘠、肥力不足，需要追肥。我用复合肥薄薄地撒上一层作为打底，再用鸡粪羊粪有机肥料厚厚地铺上一层，用铁耙来回搅和，把肥料与泥土掺和在一起，这样土地才会“有力”。

时令已经到了深秋，这种地适合种植大豆、毛豆之类，一棱地一横两孔，两拳头间隔，每一孔投入两三粒豆子。据说，浸泡过的豆子出土快，但抗病虫害能力弱；干豆子效果则相反。对这种说法我没有验证过。反正，那一年我种下的是浸泡过的豆子，豆秆长得又粗又高，叶子又绿又大，豆子摘了一茬儿又一茬儿。另外剩下的一半地，我种了容易成活、容易收获的一大片青菜。

经过平时不断地过来除草、松土、施肥、浇水、除虫，“天道酬勤”，总算没有白费力气，我种出来的青菜叶子大而绿、菜帮子小而嫩，走过路过的几位在城里“陪小”的老农民也禁不住啧啧称赞，我那同学看着眼馋。我也喜不自禁地把大豆、青菜晒在朋友圈儿。

不想，有群友竟“顺藤摸瓜”跑到我地里去“顺手牵羊”“偷青菜”，还公然发到群里，美其名曰“有福同享，有菜同吃”。

（2021 年 11 月 18 日）

人到中年

不知不觉间，人已到中年，感觉似乎真的跨入了人生之秋，最明显的是身体中的“零部件”开始慢慢地不是老化、便是弱化，更有甚者干脆坏死了。

头发白起来，好像是早年间的事情。那个时期，家里事情多，工作压力大，有一次我正趴在桌上写稿，对面同事像发现新大陆似的，突然惊叫起来：“你脑袋中间怎么会有那么多的白头发啦?”仿佛这时我才知道自己有了白头发。情形更为不妙的是，近年来，不仅是白头发越来越多了，而且周围的头发是越来越少了，竟像秋天的树叶。

眼睛不好了，我原来不近视的，前年体检居然近视了，今年体检说右眼比左眼近视得还要厉害。回老家，本来想帮母亲穿针引线，左看右看穿不进去，拿远点儿一照，却清楚多了，那肯定是远视、眼睛花了。听人说，近视可以和远视“相抵消”，好像也不对。

牙齿早有虫蛀的了。据说在人体所有器官中，牙齿的寿命是最短的，果不其然，下颌有两粒大牙烂得只剩下“根脚”，上颌一粒烂牙只要嚼到硬粒，常常会痛得死去活来，上次趁不痛的时候干脆拔掉了事。

先前看到年纪比我大的人，饭后总要不停地使牙签剔牙齿，感到不雅观，也不能理解，现在自己切身感受到了，那是因为牙床肌肉萎缩，牙齿缝隙增大，容易塞进食物，造成牙齿发胀、不舒适，须得用牙签帮忙排解。现在，我也常常饭后一根牙签不离手了。

记性差了不少，说了的话、做过的事情常常会忘记，倒是曾经的往事，尤其是少时年轻时的事情会记得铁牢。看到现在社会上患“阿尔兹海默病”的人多了，和朋友玩笑着说自己以后会不会也得阿尔兹海默病。心里存不住事情，稍微有点儿事情，晚上就会睡不着，翻来覆去想着，生怕忘记，可到时候还是忘了。家里电费不够了，手机网上操作不好，跑去银行存钱，又忘带身份证，第二次去，半路上觉得 300 元不够，还是 500 元吧，于是回家再来取钱。

车子的挡风玻璃坏了，让人换了，星期天上高速，电子收费仪不灵，道口里来来回回两三次，幸亏车辆不多，收费员耐心地指挥着退出 3 号窗口、重新进入 2 号窗口进行人工收费。回来后尽管有时心里惦记着，却因各种原因一直没有去银行检查一下，等到第二次要上高速时才想到，赶快急匆匆去银行办理。

与人交往，少了当年的“豪放”。那时装腔作势，一会儿大碗喝酒，大块吃肉，嘶哑着喉咙唱“几度风雨几度春秋”；一会儿玩深沉，浅斟低吟，无病呻吟“莫斯科郊外的晚上”。还像什么都知道似的天南海北侃：谈战争，谈伟人，谈宇宙，谈艺术。

而今尽说人世沧桑、说坎坷遭际、说职称工资、说人情世相……

这还不值得大惊小怪的。前天看到一篇文章，作者说最近几年来，忽然发现，不知不觉中，自己思考问题的方式、神情举止，竟然越来越像父母，慢慢地活成了父母的老年样。夜深人静时，我细细想想，诚如斯言。

譬如说，原来不太关注的随手关灯，不随倒脏水，现在倒开始“斤斤计较”起来，时刻关注着家里、单位里有没有“人走灯息”，明明自己亲手关掉的，想想好像还没有关，一定要重新回头再检查一遍，才会放下心。

不舍得倒掉剩菜剩饭，想到小时候曾经饥饿的滋味，过了夜的饭和菜，再重新热一热，会照样毫不皱眉、香甜可口地吃下去；两三年前买的衣服，已不再时尚，没了当初的光泽和“棱骨”，但洗了烫过，穿着还是蛮合身、精神的，将就着穿了出去。直到有一天同事轻声提醒，感觉式样有点儿老气了，才想到该扔到垃圾堆里。忽然，转念一想，觉得去老家开地种菜的时候还可以穿，于是就叠放到柜子下面。

家里一台台式电脑和女儿用下来的三台手提电脑一直在写字台边搁着，几次搬家，都舍不得扔掉，想想自己在轻敲键盘中度过的每一个夜晚，似乎有一种剪不断的情愫，当再次整理的时候，拿起、放下，几经犹豫，还是放到书柜角落。再说，这种电子产品对环境有污染，不好处理，留着再说，说不定以后可以废物利用——你看看，总能找到不想抛掉舍弃的理由。

爱对女儿的生活方式干涉了，再三再四叮嘱女儿天气冷，衣服穿少了，出去多穿点儿，还引经据典说，某个研究结果表明，女孩子经常穿裙子、少穿衣，对人体关节影响很大，到年纪大了，腿脚酸痛的概率会提高到多少多少；不停地向女儿唠叨，一天到晚捧着个手机，走路时候要小心点儿，昨天网上说哪一个城市里的一个小年轻，捧着手机走路，一不小心，一脚踩空，掉到了排污的窨井里了；抱怨女儿晚上看手机，睡迟了，早上起不来，会影响第二天工作，这样长期下去，会降低人的免疫能力，摧垮人的身体。有时候，实在看不下去了，深更半夜会披衣起来，趿拉着鞋去敲女儿的房间门，催促女儿“好睡啦”……

秋天，是一枚沉甸甸的果实，谷物成熟了，庄稼可以收割了；人到中年，便是人生的秋天，推开了虚华、浪漫、任性、稚嫩，每个角落，都牵动着中年的脊梁。这种脊梁，既担起过去，更担着未来。

（2021 年 11 月 1 日）

往事难忘

20世纪80年代，我还在外地求学，节假日回家，见邻居家里因失火遭了灭顶之灾，受到众乡亲的无私援助，感动之余，我悄悄给余姚广播电台投了稿。不久村人碰到正在串门的我奶奶，告诉她路边的高音喇叭广播了我写的“文章”，家人才知道了此事，爹马上写信告诉我。后来电台还寄给我两元稿费，由在镇上打工的村人帮着从邮局取回了钱。“初战告捷”激发了我的写作兴趣，这篇《一家有难，众邻相助》的新闻稿成了我发表在广播电台的“处女作”。

从师院毕业，我开始在镇中学当老师，教书育人之余，继续“舞文弄墨”，是看书写作填补了我的业余空白。不久，我看到《宁波日报》有个专门刊发读者闲情趣事的栏目，觉得有些事情自己也可以试着写写。恰好那年是蛇年，春节期间家里添了外甥女，在全家人兴高采烈喝完满月酒后的一天晚上，我回到单位，夜深人静之际，禁不住乘兴提笔写起了《我喜欢蛇》。几经琢磨修改，再用复写纸在方格稿上工工整整抄写清楚，仔仔细细折叠平整，小心翼翼装入信封，又在信封右上角贴邮票处端端正正写上“稿件”两字（或写“邮资总付”，这样可以免贴8分钱的邮票），第二天放午学后托学生带到邮局寄出。以后这件事我也没怎么放心上，过了一个星期，在粮管所工作的同学打电话给我，问刚刚《宁波日报》上那篇文章的作者是不是我，我来到学校阅览室，翻开新到的报纸一看，八版头条正是我写的那篇《我喜欢蛇》。这篇文章也成了我发表在报刊上的“处女作”。以后我又陆续写了十几篇，投稿被录用了几篇，报社编辑特地给我来信，除了约稿，还表扬文字流畅、字迹漂亮，鼓励我多练笔头儿，写点儿各类体裁的文章。

我在给《宁波日报》投稿的同时，也给余姚的报纸、广播、电视台“一报两台”寄稿，录用刊播了不少。年底镇团委书记来我们学校检查工作的时候，特地找了我。原来市“一报两台”对乡镇宣传工作有考核，他们把我的投稿、录用数量也计入了所在乡镇，而且凡在《宁波日报》等上级报刊投稿录用的，考核分和稿费还会翻倍奖励。我算是无意之中为老区的宣传工作“添了砖加了瓦”。为此，镇里结算的时候要奖励我，团委书记受领导委托通知我去镇里领取稿费和奖金。由于我在单位里不张扬，大家都不太知道我写稿的事情，经过这件事情，我算是在单位里、同学圈儿有了点儿小“名气”。

事后一天，镇里捎信来说晚上H镇长要找我。一见面，H镇长就表扬我为镇里的宣传工作出了力，问我最近在写什么稿、工作怎么样，我一一做了回答。然后他要我和镇中另一位老师协助他起草镇政府工作报告，等忙完已是深夜，他请我们吃了红烧葱油面当夜宵。事后校长神秘兮兮地透露，镇里打算借调我到那里工作。不久“撤区扩镇并乡”，H镇长另调他镇，我借调的事也就作罢。

又过了一年，我在《宁波日报》《余姚日报》上发表了两三篇有明显地域特征的较大篇幅习作，有小说《红星照耀横坎头》、散文《古镇上的幽幽小弄》等，引起了镇委W副书记注意，经查问知道作者正是在镇中教书的我，他打电话给校长，打听了我的情况，提出要我参与编写镇地理志，其实也是想借此考查一下我的文笔。在去镇里帮忙那阵子，一天，W副书记从自己办公室拿来了厚厚一本剪报，里面居然也有我的《古镇上的幽幽小弄》。他对我说他喜欢集报，会把在报纸上发表的涉及镇上情况的一些文章剪集起来；他还告诉我，镇里又在考虑借调我到镇政府工作的事，不过还有其他人选，有一定的竞争性，要我有思想准备。因为是"借调"而不是"调出"，我怕以后万一调不进机关再回到学校去，影响今后在校的考核晋级，况且辅导学校校长已找我个别征求意见，有心让我去下面乡中任校长，我心里有点儿犹豫、无所谓，一时也未置可否。事隔不久，听说已有人去镇里上班了，我借调的事也就沉寂下来。

这样又过了大半年，放完寒假后的一天，校长突然通知，镇里已正式决定借调我，要我马上去报到。在镇政府借调的以后那两年里，鉴于我的思想表现和工作实绩，镇里又是几次研究，以镇党委名义多次向组织部、教育局行文，请求将我从学校调动到镇政府工作。为此，镇委Z书记、镇政府Z镇长、镇委W副书记几次三番拿着文件奔赴姚城，登门上级部门或约见上级领导，陈情我的调动确因工作需要。

说来惭愧，那时的我实在不谙人情世故，我结婚、生女从没请过这些领导喝酒吃饭；镇委Z书记大女儿结婚，作为同单位的我既没有去帮忙，也没和同事一起随礼去庆贺；Z 镇长是我岳父的老领导，W 副书记的女儿是我高中同学，我都没有因此上门去找过他们。那时的我只是一门心思地想着怎么做好自己的工作，觉得只有这样才能报答组织的培养和领导的关爱，其他的一概没去多想。而镇委 Z 书记、镇政府 Z 镇长、镇委 W 副书记以及其他镇领导似乎也都根本不介意这些，我上班天天跟在他们身边，只觉得这些领导一天到晚考虑的事情、所做的工作是如何把老区发展好、把山区建设好，其他杂七杂八的事情都无暇顾及。至于镇里人员调动纯粹是从工作、事业发展需要出发。至今想来，当初那份上下级关系，真的是何等的纯情清澈、温馨温暖；这些美好的往事，是多么的刻骨铭心、令人难忘！

两年后，我才从教育线正式调动到镇机关行政线工作，从此，也改变了我今后的人生轨迹。

（2020 年 5 月 3 日）

后　记

一

也许是承载了父亲擅长文科的基因，我在上小学三四年级的时候，就坐在小板凳上、趴在长条凳上，在父亲逐字逐句指导下，开始磕磕绊绊地帮大爹、老汪伯、八斤叔、四九叔等一些邻居家写信的缘故；

也许是读初中的时候，那个语文代课老师常常把我的周记、作文，什么《春色赋》《家乡的小溪》《今夜皓月当空》之类，在课堂上当作“范文”念给大家听，而且有时候他忙不过来，还偷偷让我帮他批改同级同学周记的缘故；

也许是在高三年级的时候，语文老师课堂临时的一篇命题作文《教室春秋》，帮我入选 1985 年第二期校刊《溪音》，使我的习作第一次变成铅字发表，并在县中学生作文竞赛中获得一等奖的缘故；

还是我上师院的时候，班主任许老师找我谈话，称赞我的高考作文写得不错，鼓励我多写点儿像《卖橘女》《土地》《爷爷和老柳树的传说》那样的习作，后又推荐我担任学生会宣传部部长的缘故……

也许都是、都不是，也许部分是、部分不是。总之、反正、似乎，我一直以来都爱好文学、喜好写作，而且还有点儿孜孜不倦、锲而不舍的样子。当然，这爱好、喜好不一定是最好的哦。

二

20世纪80年代，我还在外地求学，节假日回家，见邻居家失火遭灾，受到众乡亲援助，我试着把这件事悄悄采写成《一家有难，众邻相助》的稿件，寄给余姚广播电台。1988年5月5日，这篇文章在广播电台的《听众》节目中播出。这成了我第一次在电台、电视、报刊上发表的习作、“处女作”。

从师院毕业，我开始在教书育人之余，继续“舞文弄墨”。寒假期间，我从一位大队干部的口中，听到了一位失足青年“浪子回头”的事情，就当晚伏案写下了散文《橘园行——回家偶书》，于1989年3月4日在余姚人民广播电台的《今日一刻钟》节目中播出。这是我第一次在电台上发表散文。

后来，单位为加强教育工作宣传，命我采写了学校积极开展思想政治教育的通讯稿，于1989年11月8日在余姚电视台《简明节目》中播出，恰好被我看见。这是我第一次亲眼看见自己的稿件在电视台播出。

同年12月，我应邀为镇上的一家大型企业采写了《“还是保险好”》，在余姚广播电台《晚新闻》节目中播出，在第二天早上新闻重播时，我在家里睡梦中听到。这是我第一次亲耳听到自己的稿件在广播电台播出。

当时，《宁波日报》有个“后乐园”栏目，我在蛇年春节期间，乘兴提笔写起了《我喜欢蛇》，于 1989 年 3 月 19 日在《宁波日报》八版头条刊出，这是我第一次在《宁波日报》上发表习作。

以后我又陆续写了十几篇，投稿被《宁波日报》录用了几篇，编辑特地给我来信、约稿。特别是我采写了《红五星的传说》，发在 1991 年 9 月 30 日《宁波日报》的《青年之友》专栏，编辑还特地打电话过来表扬我。

另一篇较长篇幅的散文《古镇上的悠悠小弄》，发表于 1991 年 8 月 28 日《余姚报》的“河姆渡”专栏。这是我在《余姚报》（那时候还不叫《余姚日报》，报纸还没有扩版）上第一次发表的习作。

几年来，我给《宁波日报》，余姚的报纸、广播、电视台“一报两台”写稿、寄稿，录用刊播了不少，引起了镇领导的注意，我从学校被调到了镇政府从事文秘工作。

在机关工作期间，我还结合本职，尝试着撰写了《更新思想观念　改善经济软环境》的理论性习作，发表于 1999 年 8 月 30 日《余姚日报》“理论学习”专栏。

我配合主题教育活动，参加了《宁波日报》“致富思源，富而思进”系列谈，撰写的政论性习作《“思进”进到哪？》，发表于 2000 年 4 月 17 日《宁波日报》“要闻 · 综合新闻”专栏。

但以后，曾经有很长一段时间，由于工作繁忙，加上自己偷懒，我一度中断了自己喜欢的写作。

三

近年来，由于登山健身运动的兴起，我们登山群里的群友在队长带领下，去她亲戚开发的民宿村庄走访，在此结识了“村长”小青。

同处一个时代，差不多的年纪，在相互接触交流中，我们都钦佩于小青敢闯敢冒险的创业精神。夜深人静，我禁不住奋笔疾书，写下了《小青村长》和《我的小小姨夫叫小青》，以笔名“东山”先后发于《余姚日报》和市文联《姚江》杂志。

接着，为感谢队长她们的盛情款待，我写下了《紫曦队长》，又考虑到我们登山健身队是“有组织”的，先后写了队里的“政委”、肖“双副”……尤其是2019年末的新冠疫情，使我有更充裕的时间静心写作，这样不知不觉下来，利用业余时间，近几年凭着自己的兴趣爱好笔耕，如今竟也积累几十篇稿子，发表了三四十篇。

在今年中秋节、国庆节搬家期间，我偶然发现了以前留下来的一部分习作底稿，草草梳理了一下，自我感觉还有点儿人生收成——竟存有100余篇，成样的80余篇，发表的70多篇，体裁有通讯、散文、随笔，还有小说；而且几乎每一篇都有发表时间、发表过程的简单记载；特别是属于“第一次”的，我还将《来稿录用通知单》、自己写作底稿、有关情况说明附录，剪贴结集，虽然时间长了，上面有了水渍，但多数字迹依稀可辨。

我细细翻看这一篇篇习作（我只敢称习作，不敢称文章），犹如翻开了自己一段段尘封的记忆，可谓是“篇篇”思绪“翩翩”扑面而来，禁不住自己被自己感动，眼眶湿润……

这些文字小半是我青春时代所写，最早可追溯到十六七岁，所以总体感觉篇幅较短，笔法稚嫩，甚至幼稚，内容简单，甚至简浅，形式单一，甚至单调，但我没有因此进行大幅度的修改，只稍作润色处理，尽量保持原来的模样——清淡、浅显，以此作为对青春情怀的一种纪念和追忆。

写诗作文当有一颗年轻的心。经时过境迁和岁月磨砺，原本年轻浪漫的心境，早已变得世俗不堪。特别是期间有二十几年，繁忙的工作、繁杂的生活，使我对文字的写作变得懒散和懈怠，缺少了年少时的创作热情、激情。尽管如此，但内心深处对文学的那份挚爱，却始终未曾泯灭，我不时告诫自己，不忘初心，坚持上进，在写作的道路上且行且珍惜。

四

在朋友的鼓励、催促下，我蠢蠢欲动，终于把以前发表的和未曾发表的文字筛选出一部分来，编成了这本集子，准备结集出版。之所以要出版这本集子，其实只有一个目的，自我安慰、自我督促、自我激励，让自己重拾初心，找回对文学的感觉，重新燃起写诗作文的热情，也算了却一桩心愿。

可以这样说，作为一个年过半百的文学爱好者，出版这本文集，既是对自己以前学习生活的总结鉴定，又是对自己以后新的生活的鞭策激励。弹指一挥间，从 1985 年《教室春秋》成为铅字开始算起，三十多年过去了。在这三十多年间，我无怨无悔，放弃了大量的休息时间，耕耘不辍。

盘点这些习作体裁，乱七八糟的，什么都有，但以随笔、散文居多；大致按照滴滴乡事、丝丝乡恋、缕缕人情、点点人生分成四大板块，每一板块平均 20 篇左右，其中的习作按内容而不以时间顺序排列，对集子的题目，思虑再三，突然想到：本人老家叫东山村，曾用笔名东山，大多习作多记述描写的是家乡东山，于是乎，是谓《东山纪事》。

当我整理完毕本书之时，联想到单位组织，许许多多领导、朋友和同志给予我的关心和支持，我不敢一一提到他们的名字，怕因我的不智而惊扰到他们，我满怀的感激之情，竟一时难以言表，禁不住默念起了歌曲《感谢你》：

“感谢明月照亮了夜空，
感谢朝霞捧出的黎明……
感谢母亲赐予我生命，
感谢生活赠友谊爱情……
感谢你，我衷心谢谢你，
我忠诚的爱人和朋友……
感谢这一切一切这所有，
感谢这美好的所有……”

姚文昌
2021 年 12 月